肉体改造クラブ

古城十忍
Toshinobu Kojoe

而立書房

肉体改造クラブ・女子高生版

[#1] ダイエッター「セリナ」

セリナ
昔セリナ
ミツル
父
母
先生
少女たち

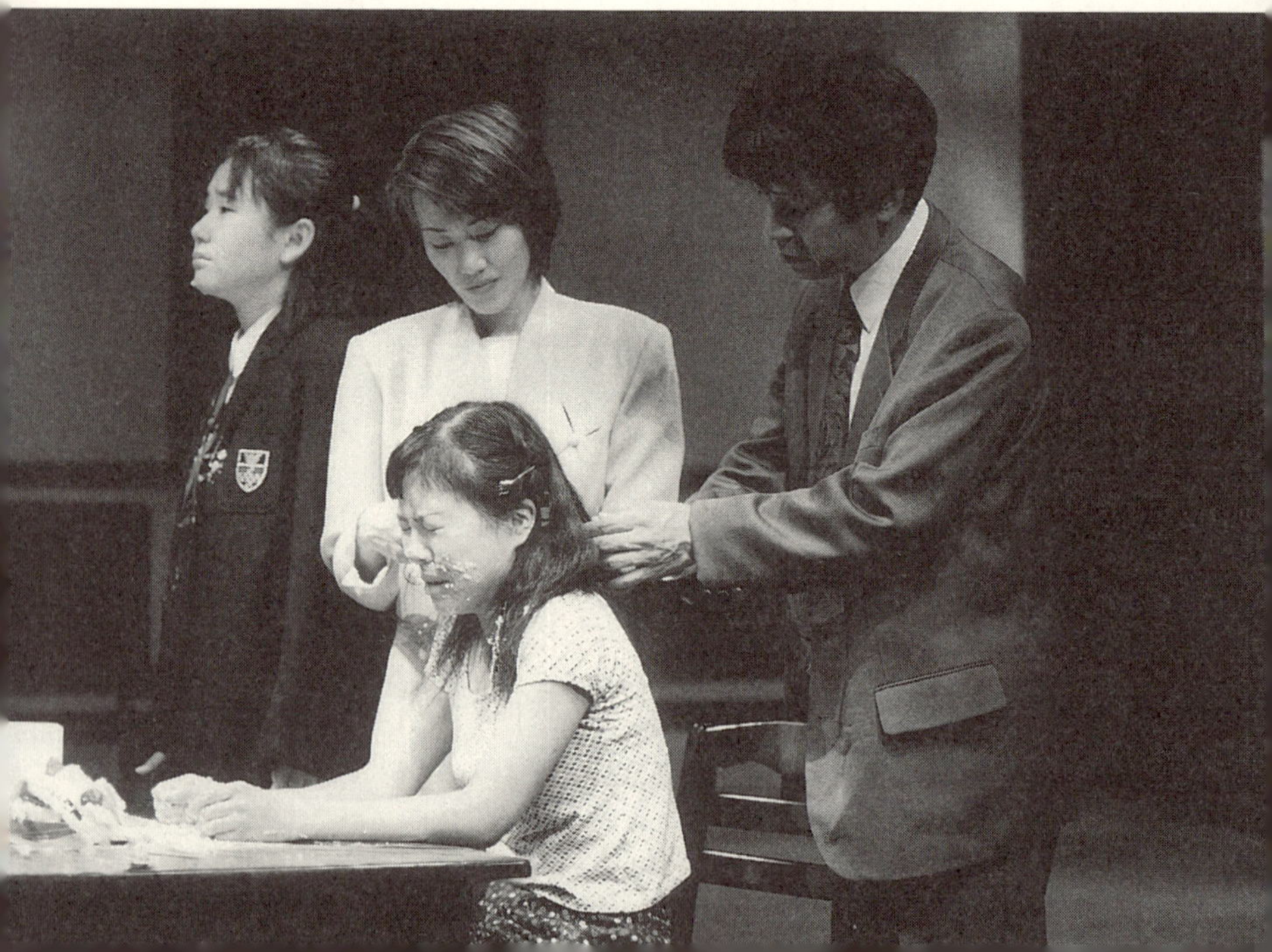

アルバムに1枚の写真がある。コメントが書き添えられて。

コメント 「マイ・アニバーサリー。文化祭・体育祭、大盛りあがりのうちに終了。あたしたちは頑張った。それが証拠に、記念写真はみんなのはじける笑顔でいっぱい。なかでも自分を褒めてあげたい私はとびっきりの笑顔でVサイン。」

その写真の中からひょっこり、Vサインの私＝セリナが抜け出してくる。

と、セリナの抜け出たところにもう一人、とびっきりの笑顔でVサインを出している少女がいる。

セリナ、その少女を指して——。

セリナ これは3年前の私です。ご覧のとおり、イケてない。しかも全然。このころ私はいつもこう思ってた。

昔セリナ 写真のときは上目遣い、写真のときは上目遣い。

セリナ Vサインは形だけ。

昔セリナ 笑顔は広末、笑顔は広末。

セリナ 笑顔の裏では内心びくびく、人の目ばかり気にしてた。なぜならこのころの私は一言で言うと、

少女1 デブ。

少女2　1日何食食べてんの？
少女3　カロリー無限大。
少女4　体重無制限。
少女5　自己管理能力ゼロ。
セリナ　つまり、めちゃくちゃ太ってた。
昔セリナ　めちゃくちゃ？
セリナ　そう、まるで全身脂身《あぶらみ》。
昔セリナ　（自分の腹回りを触りつつ）そうかなぁ？
セリナ　そうなの。だからなってやったわよ、過酷なダイエッター。
少女1　セリナ、痩せたよね。
少女2　頑張ったみたいよ、ダイエット。食事減らして毎日走ってたって。
少女3　毎日10キロ。
昔セリナ　（驚いて）10キロ!?
少女3　3年間休みなしで。
少女4　セリナの腕さわったけど、ほんとに細くしまってた。
少女5　ほんと、すっかり華奢《きゃしゃ》になったよね。
少女1　人間、変わるもんだね。
昔セリナ　（セリナと見比べつつ）あんまり変わってない気がする。

セリナ　あんたは自分てものがまるっきりわかってなかったの。
昔セリナ　じゃ、ほんとに大変身できたんだ。
セリナ　大変身よ、痩せたじゃない、見てわかんないの。この3年で相当。かなり。だからもうあなたとは違うの。言ってみれば（昔のセリナを指し）使用前、（自分を指し）使用後。
昔セリナ　そうかなぁ。
セリナ　変わったから私は今こう思えるわけ。人生は捨てたもんじゃない。
昔セリナ　………。
セリナ　どいて。

セリナ、昔のセリナを写真から引っぱり出して、その位置に自分が収まって、とびっきりの笑顔とVサインで今一度――。

セリナ　人生は捨てたもんじゃない。

たちどころに写真が解けて少女たち、三々五々に――。

少女たち　「バイバァイ」「お疲れぇ」「帰り、カラオケ行こうよ」「あたしマック食べたい」「昨日、ゲーセン行ったら超カッコいい人がいてさ」………

不意に、チャリィィン、と響き渡る鈴の音。

セリナが鈴のついた匂い袋を落としたのだ。

三々五々に帰りかけていた少女たちがストップモーションになっている中、昔のセリナが鈴を拾い上げて——。

昔セリナ　何これ、お守り？
セリナ　匂い袋。
昔セリナ　こんなの、持ってた？
セリナ　仲間からのバースデー・プレゼント。
昔セリナ　バースデー・プレゼント？　仲間ってクラスの？
セリナ　うらやましい？
昔セリナ　冗談でしょ。
セリナ　だからもう、あんたとは違うんだって。（匂い袋を奪い返して、行こうと）
昔セリナ　ねぇ。こんな話、聞いたことない？
セリナ　愚痴なら聞かないわよ。
昔セリナ　首にとても素敵な鈴をつけてもらった犬がいました。犬はこの綺麗な音を奏でる鈴がとても自慢で、散歩しながらしきりに鳴らしています。

セリナ　だって自慢だもん。悪い？

昔セリナ　そこへ年取った犬がやってきて言いました。「なるべく見せびらかさないほうが君のためだぜ。あんたはその鈴を、みんなに好かれている証拠だと勘違いしてるんじゃないかな。どういたしまして、あんたの欠点の印だよ」

セリナ　……ふふふ、ははははは。

昔セリナ　忠告よ。

セリナ　いやな奴。

昔セリナ　え？

セリナ　今の私から見てもサイテーだ、あんた。嫌われるはずよ。

昔セリナ　………。

セリナ　よかった、あんたのようなサイテーのデブから卒業できて。

昔セリナ　……私はデブじゃない。

セリナ　あんたにわかる？　人生は捨てたもんじゃないのよ。

昔セリナ　私はサイテーでもない。

セリナ　消えて。

昔セリナ　………。

セリナ　と言っても、あんたはもうあたしの過去からあたしが抹殺したの。

昔セリナ　抹殺……？

セリナ　（銃で撃つ真似をして）バン！
昔セリナ　………。

セリナ、満足げな笑顔を浮かべて帰っていく。
と、ストップモーションの少女たちの中から噂話が聞こえてくる……。

少女1　うざいんだよね、あいつ。
少女2　なれなれしいしさ。
少女3　人の話にすぐ割り込んできて感じ悪いよ。
少女4　そのくせ話すことって、どうでもいいよなことばっか。
少女5　痩せた痩せたって、それしか言うことないのかっつーの。
昔セリナ　（耳をふさいで呪文のように数を数え始める）1、2、3、4、5、6、7、8、9、10、11、12、13、14、15、16、17、18………
少女3　なんでも薬、飲んでるってよ。
少女1　薬じゃなくて飲んだのサナダムシらしいよ。
少女4　げー何それ。
少女2　知らないの？　寄生虫を1匹体ン中に飼っとくと太んないんだから。
少女5　でもそれ、やばいんじゃないのぉ。

少女3　どーでもいいじゃん、ンなの。
少女4　よくないよ、腕細くなったでしょ触って触ってって、もシツコイんだから。
少女1　誰彼かまわず聞きまくってるもんね。
少女2　犬にも聞いてるってよ。
少女5　あらまびっくり、すっかり華奢になっちゃって。しょうがないから言ってやったわよ。
昔セリナ　(不意に数を数えるのをやめて大声で) ねぇ記念写真、も一枚撮ろうよ。はい、チーズ。

途端に少女たち、ストップモーションが解けてカメラの前めがけて集まってくる。
先ほどの写真とまったく同じ構図でポーズを決めたところでシャッターが切れた。
と思いきや、少女たち全員の視線が昔のセリナに注がれている。
その視線、侮蔑・さげすみ・あざけりの色濃く——。
驚いて昔セリナ、写真から逃れるように飛び出す。
だが少女たちはポーズはそのままながら、視線だけで昔のセリナを捉えて放さない。
昔のセリナ、怯えるようにいなくなる。
途端に少女たち、三々五々に話しながら帰っていく。

少女たち　「バイバァイ」「お疲れぇ」「帰り、カラオケ行こうよ」「あたしマック食べたい」「昨日、ゲーセン行ったら超カッコいい人がいてさ」……

誰もいないリビング。
大きなスポーツバッグを抱えてセリナ、現れてきて——。

セリナ　ただいま。

どこからともなく、母が現れて——。

母　お帰り、どうだった文化祭？
セリナ　うーん、まぁまぁかな。

答えつつセリナ、バッグからジュースを出して飲み始める。ペットボトルのそのジュースは2リットルサイズの大きさにもかかわらずラッパ飲み……。

母　楽しい思い出、いっぱいつくれた？
セリナ　写真はいっぱい撮ったよ。
母　張り切ってたものね、セリナ。
セリナ　普通だよ。（ジュースをぐびぐび飲む）

母　ね、夕飯の支度、手伝ってくれない？
セリナ　今日、何？
母　ビーフシチューにパスタサラダ、オニオングラタンスープ。
セリナ　あたしの好きなものばっかし。
母　今日、セリナの誕生日でしょ。
セリナ　（輝いて）あ……。
母　（ややおどけて）セブンティーンアニバーサリー。
セリナ　シチューは白いボウルのお皿でいいんでしょ？（と言うものの手伝うことなく、ジュースをぐびぐび飲む）
母　あ、そうね、お願い。お父さんももう帰ってくるわよ。
セリナ　マジ？
母　薔薇の花束、買って来るって言ってた。
セリナ　（嬉しい）マジぃ？
母　似合わないわよねぇ。
セリナ　（嬉しい）全然似合わない。
母　でも母さんになんてもうン十年も買ってくれたことないんだから。セリナの喜ぶ顔が見たいのよ。あ、これ内緒。知らなかったことにしてよ。
セリナ　わかった。

母　（テーブルを確認して）食器は、あと……

父の声　ただいま。

セリナ　帰ってきた。

母　薔薇の花、絶対、後ろに隠して持ってくるわよ。

セリナ　あたしもそう思う。

セリナ、バッグからクッキーを出して食べ始める。
どこからともなく、父が後ろ手に何かを隠すように現れて――。

父　お、セリナ帰ってたか。

セリナ　早いじゃない。

父　父さんだってそういう日はあるさ。

母　先にご飯でいいでしょう？

父　あ、いいけど……

母　何、お風呂が先？

父　いや、いいよ。食事でいいんだが……。

セリナ　お父さん、鞄置いて座ったら？

父　うん、座るけどな……、ミツルは？

母　もう帰ってくると思うけど。
父　今日、塾はない日だろ？
母　取りに行ってもらってるのよ、バースデーケーキ。
セリナ　ケーキもあるの？
母　予約しといたの。（父に）あなたも早く渡せば？
父　何を？
セリナ　ぷっ……。（思わず吹き出す）
母　ぷっ……。（つられて吹き出す）
父　ナンだ、もうセリナにしゃべったのか？
母・セリナ　何を？
父　いやだから、バカ、こういうことはタイミングってものがあって……おめでとう。

父、薔薇の花束を差し出す。が、花束には実体がなく、パントマイムで受け渡されて——。

セリナ　うわぁ、ありがとう。
父　一応、17本あるから。
セリナ　（嗅いで）いい匂い。
母　（嗅いで）ほんと。（父に）あたしには？

父　お前の買ってみろ、何本要ると思ってんだ。
母　じゃあたしのときはバッグでも買ってもらおうかしら。
セリナ　あたしもバッグがよかったな。
父　お前な、薔薇だって安かないんだぞ。
セリナ　冗談よ。
父　それに花を贈るってことは、物をプレゼントするよりはるかに相手を大事に思ってるってことなんだから。
セリナ　でもすぐに枯れちゃうじゃない。
父　だからだよ。形には残らない、心を贈るってことなんだから。
セリナ　へぇえ。
母　じゃ、物を贈るのはどういうことなの？
父　それはお前、だって、下心だろ。
母　何言ってるの、娘の前で。
セリナ　じゃお母さん、結婚前にお父さんからいっぱい下心もらったんだ。
母　それが安あがりの下心ばっかし。
父　おかげで助かりましたよ、安い餌にほいほい引っかかってくれて。
セリナ　ね、お父さん、じゃケーキを贈るのはどういう意味？
父　ケーキは……おいしいだろ。

母　分かち合うってことでしょ。

セリナ　分かち合う？

母　ウェディングケーキだってそうじゃないの？　今この場所に集まってくれてる人たちみんなと喜びを分かち合うんでしょ。

セリナ　（独り納得して）そっか、そういうことか。

父　同じ釜の飯を食うってことだな。

母　そういうことなの？

ミツルの声　ただいま。

父　お、釜飯がきた。

母　そういうことなの？

どこからともなく、弟のミツルがケーキを持って現れる。
このケーキも実体はなく、パントマイムで受け渡しされて——。

ミツル　お待たせいたしました。

母・セリナ　お帰り。

ミツル　お金少し余ったからシューアイスもゲットしてきました。

母　また無駄遣いして。

セリナ　ケーキ、見たい見たい。（母に）見ていい？
父　じゃあ始めるか。
ミツル　（実体のないケーキの箱を開けて）じゃ〜ん。
セリナ　わぁ、名前書いてある。
母　おいしそうじゃない。
父　ほら、ローソク立てろ。火、つけるぞ。
ミツル　8本しかないよ。
セリナ　この大きい1本が10ってことなの。
ミツル　なーるほど。
父　（実体のない火をつけつつ）大観衆が見守る中、セリナの心に明かりが灯ってゆきます。
ミツル　キャンドル・サービス。
母　電気、消すわよ。
父　じゃ歌ってみるか。
ミツル　歌うの？
父　こういうときはだって歌だろう。
セリナ　（照れて）いいよ、別に。
母　改めて言われると歌いにくいわよねぇ。
ミツル　さん、はい。

父・母・ミツル　（歌う）Happy Birthday to you. Happy Birthday to you.
Happy Birthday dear SERINA. Happy Birthday to you.

遠く、少女たちの姿が浮かび上がり、少女たちもまた歌っている。
だがその表情には笑顔の欠片もなく、まるで能面のよう……。
家族たち、歌い終わって——。

ミツル　姉ちゃん、消して消して。

セリナ、実体のないローソクの火を吹き消す。が、1本残ってしまい、二度目で全部消す。家族の面々は拍手、口々に「おめでとう」の声。
少女たち、能面のような顔で見守っている……。

ミツル　ケーキ入刀。
母　先に食べる？
父　デザートだろう。（セリナに）なぁ。
セリナ　あとにしよ。
父　そうだよ、こういうものは目でも味わわなくちゃ。

ミツル　じゃ、このチョコレートは俺キープ。
母　今日はお姉ちゃんの誕生日でしょ。
セリナ　チョコくらいあげるわよ。
父　じゃあ、先にご飯にしようか。
母　ビーフシチュー、たくさん作ったからどんどん食べてよ。
家族　（口々に）いただきます。

セリナ、バッグからおにぎりを2個出して、両手に持って食べ始める。

少女たちの噂が始まる。一人が一人に、その一人が次の一人に、次の一人がまた別の一人に、と噂は波のように伝わり広がっていく。

噂を聞いた少女たち、凄まじいほどの馬鹿笑い、あざけり笑い。

だがその声は一切届かず、噂を伝えた少女は再び能面のような顔で見守っている……。

セリナ、すごい勢いで食べている……。

母　（セリナに）どう？　おいしい？
セリナ　（おにぎりを食べつつ）おいしい。
父　母さんにしては上出来だな。
母　何よ、それ。

父　おいしいってことだよ、な、ミツル。

ミツル　おかわり。

父　早いな、お前。

母　セリナも食べてよ。

セリナ　食べてるよ。

母　パスタも食べて。おいしいんだから。

セリナ　うん。

セリナ、スポーツバッグから大きなコンビニ袋を取り出して、中身をテーブルにぶちまける。サンドイッチ、肉まん・あんまん、菓子パン、大福、チョコレート……。

セリナはそれらを次から次へと、ほとんどがむしゃらに食べていく……。

と、ちゃりぃぃん、と鈴の音が響く。

途端に、噂を伝達していた少女たち、一斉に大笑い、馬鹿笑い。

笑いながら少女たちが消えていくと、そこに昔のセリナの姿……。

セリナ、はっとわれに返って見ると、見下したような昔セリナの視線とぶつかって――。

昔セリナ　後がつらいわよ。

セリナ　……。

昔セリナ　どうせ吐くンでしょ、食べたもの全部。
セリナ　消えてって言ったでしょ。
ミツル　ごちそうさま。
母　あら、もういいの？
ミツル　もう満腹。
父　ゲームばっかしやるんじゃないぞ。
ミツル　勉強ばっかしでも体に毒だぞ。（出ていく）
母　生意気言って。
昔セリナ　あたしとはもう違うって、そう言ったよね。
セリナ　邪魔しないで。
父　俺も風呂にするか。
セリナ　お父さん、ケーキは？
父　後でもらうよ。（出ていく）
昔セリナ　確かに大変身。
セリナ　邪魔しないで。
母　じゃ母さんも。
セリナ　もうおしまい？
母　食べ過ぎたくらいよ。ごちそうさま。（出ていく）

昔セリナ　食べて吐いて食べて吐いて。
セリナ　……なんで邪魔するの？
昔セリナ　吐き続ければ誰だって痩せられるわよ。インチキもいいとこ。
セリナ　ほっといてッ！
昔セリナ　………。
セリナ　痩せればそれでいいの。
母の声　ただいま。

セリナ、広げた食べ物を慌ててコンビニ袋ごとスポーツバッグにしまうが、クッキーを1箱しまい損ねる。

母が玄関口から包みを提げて現れて——。

母　あら、早かったのね。
セリナ　うん……。
母　また間食して、ご飯入らなくなるわよ。ご飯食べたの？
セリナ　まだ。
母　ビーフシチュー作ってあるから。好きでしょ？　あっためて食べて。
セリナ　母さんは？

母　あんまり食欲ないのよ、お昼遅かったから。あ、あとこれ、（包みをテーブルに置き）バースデーケーキ。

セリナ　……。

母　駅前の、一番高いの奮発しといたから。

セリナ　……ありがとう。

母、奥の部屋へと去っていく。

セリナ　誕生日によく「Happy Birthday to you.」って歌ってもらうじゃない？

昔セリナ　……。

セリナ　歌ってもらうでしょ？

昔セリナ　もうそんな年でもないでしょ。

セリナ　なんで英語の歌なの、日本人なのに。

昔セリナ　……？

セリナ　変だよ。……「dear SERINA.」なんて言っちゃって。

昔セリナ　……。

セリナ　変なものは歌わなくていいんだよ。

昔セリナ　（歌う）Happy Birthday dear SERINA.

セリナ　あんたってほんとっ、イヤな女。

昔セリナ　あなたほどじゃないけどね。

今と昔の二人のセリナ、厳しく視線がぶつかる……。

振り切るようにセリナ、ケーキを包みから出してテーブルに置く。

セリナ　1983年、一人の女の子が、（ケーキの箱を開けて）この世に生まれました。女の子はセリナと名づけられました。セリナはすくすくと育って、あっという間に、（大きいローソクを立て）10歳になりました。

昔セリナ　毎日が楽しかった小学校4年生。

セリナ　あんたは黙ってて。（小さいローソクを立て）11歳になりました。

昔セリナ　そこそこ楽しかった。

セリナ　黙ってて。（ローソクを立て）12歳になりました。

昔セリナ　小学校の卒業式では泣きました。

セリナ　（ローソクを立て）13歳。

昔セリナ　セリナは中学生になりました。

セリナ　そしていじめが始まりました。

昔セリナ　……。

セリナ　卒業式でもないのに泣きました。（ローソクを立て）14歳。あんたの年よ。セリナはどうなった？
昔セリナ　………。
セリナ　どうなった？
昔セリナ　……いじめは染みのように広がりました。
セリナ　泣かなかった？
昔セリナ　………。
セリナ　セリナは泣かなかった？
昔セリナ　毎日泣きました。チクショウチクショウと泣きました。
セリナ　チクショウチクショウと泣いて泣き疲れたセリナは、（ローソクを立て）15歳、とうとう1匹の、畜生になりました。
昔セリナ　………。
セリナ　それはそれは醜い豚になったのです。
昔セリナ　あたしは豚じゃない。
セリナ　あんたがイヤな奴だったから。
昔セリナ　あたしのせいだって言うの？
セリナ　そう、そのとおり。あんたがうまくやらなかったから。あんたが闘わなかったから。
昔セリナ　セリナは高校生になって闘った？
セリナ　闘ったわ。闘ってるわよ。

昔セリナ　誰と？　何と？　ドカ食いしちゃゲーゲー吐きまくってるだけじゃない。

いつのまにか父が玄関口に現れていて――。

父　何してる？
セリナ　……！
父　何ぼーっと突っ立ってんだ。
セリナ　……お帰りなさい。
父　お、うまそうなケーキだな。
セリナ　食べる？
父　いやいい。
セリナ　たぶん味はサイコーだよ、駅前の一番高いやつだから。
父　飲んできたから。今食ったら胸焼けしそうだ。母さんは？
セリナ　いるけど。あっちの部屋じゃないの？
父　そうか……（あっちとは別の方向に行きかけて）そうだ、プレゼント。
セリナ　え？
父　（財布から一万円出して）誕生日だろ。
セリナ　何これ？

父　何でも好きなもの買えばいい。母さんには内緒だぞ。
昔セリナ　17歳は福沢諭吉なんだ。
父　遠慮するなって。
昔セリナ　3年前は五〇〇〇円だった。
セリナ　うらやましい？
昔セリナ　涙が出るね。
セリナ　……ありがとう。（受け取る）
父　母さんには内緒だぞ。

母が戻ってきて――。

母　お帰りなさい。
父　ああ……。
母　食事はすませたんでしょう？
父　課の連中と残業からそのまま流れてな。
母　セリナ、待ってたのよ。娘の誕生日くらい早く帰ってあげたら。
セリナ　お母さん、あたしをダシにしないで。
母　ダシになんてしてないじゃない。セリナだって早く帰ってきてほしいと思ってたでしょう？　思ってなかった？

セリナ　………。

父　セリナはわかってくれてるよ。（セリナに）なぁ？

セリナ　………。

母　ミツルのことで今日、学校から電話あったの。

父　電話……？

母　「僕はいじめに遭ってます」って先生に言ったらしいわ。

父　いじめって、どんな？

母　それが言わないらしいの。「誰が誰にどんな目に遭ってるか、先生が自分の目で確かめてください」って。

父　面白いこと言うな。

母　笑いごとじゃないのよ。

父　わかってるよ。

母　あなた聞いてみてくれない？　どんなことがあったのか、ご家庭で尋ねてみてくださいって言われたのよ。

父　おまえが聞けばいいだろう。

母　女には言いにくいことかもしれないじゃない。男同士、何かと話しやすいでしょう？

父　………。（はぁっ、と小さくため息）

母　聞いた結果を、また先生に電話しなきゃいけないの。
父　いつ？
母　早いうちにって。
父　先生も、なんでもっとちゃんと聞かないかなぁ。
セリナ　バレバレでやるほど、みんなバカじゃないよ。
父　（セリナに）お前、何か知ってるのか？
セリナ　今初めて聞いた。
母　（父に）それとなく聞いてみてよ。
父　（一瞬あって）風呂は沸いてるのか？
母　聞いてくれないの？
父　聞くよ。聞くけど、いいだろ風呂ぐらい入ったって。
母　もうすぐ塾から帰ってくると思うから。そしたら聞いてよ。
セリナ　（ケーキを見たまま）今日は塾のない日よ。
父・母　………。（セリナを見る）
母　……そうだった？
父　何やってんだ、あいつは。
母　（誰に言うともなく）困るわ……。
セリナ　………。（残る2本のローソクをゆっくりケーキに立て始める）

父　………。（はぁっ、と小さくため息をついて行こうと）
母　あと、パートの件だけど決めてきたから。
父　決めてきたって……
母　前から言ってたでしょう働きたいって。
父　画廊を手伝うって話か？
母　そう。
父　だってあれは9時から5時までびっちりなんだろう？
母　それでもパート契約だもの。
父　俺は賛成してない。
母　だってもう来週から行くって言ってきちゃったから。
父　なんでそんな勝手なことするんだ。
母　勝手なのはあなたじゃない、なんでもかんでもあたしに押しつけて。
父　俺はやれることは協力してやってるじゃないか、お前は自分の責任を放棄するのか？
母　そんな大げさなことじゃないわよ。
父　ミツルのことだってあるだろう？
母　だからあなたにお願いしたじゃない。聞いてくれるんでしょう？
父　これから先のことだよ。お前、母親として心配じゃないのか？
母　心配よ。心配だけど、だからってあたしはずっと家庭の犠牲になっていなくちゃいけないの？

父　そういう考えが責任の放棄だって言ってるんだよ。

どこからか、鈴の音が聞こえてくる……。

その鈴の音の響きは、言い争う父母の姿は鮮明に残しながら、父母の声だけを呑み込むように次第に遠ざけていく——。

いつのまにか少女たちの姿……。その能面のような顔……。

ちゃりんちゃりんちゃりん、と響く音の隙間から少女たちの声が、突然、はっきりと二人のセリナの耳に届く。

少女たち　豚は臭い。豚は臭い。豚は臭い。豚は臭い。………。
昔セリナ　（耳をふさいで呪文のように数を数え始める）1、2、3、4、5、6、7、8、9、10、11、12、13、14、15、16、17、18………
少女1　セリナ、髪、くさいんだよね。
少女2　セリナ、くさい髪の匂い、なんとかしてよ。
少女3　セリナ、匂い袋あげたでしょ。
少女4　セリナ、匂い袋の匂い、まき散らしながら歩いてよ。
少女5　セリナ、くさいの髪の毛だけじゃないんじゃない？

セリナの手、いつのまにかゆっくり、ケーキに突っ込まれる。

素手のままケーキをむしり取るとセリナ、それを自分の口へと運ぶ……。

セリナの手、止まらない……。食べ続ける……。

昔セリナ　……35、36、37、38、39、40、41、42、43、44、45、46、47、48、49、50、51、52………

少女たち、一斉に、ゆっくりと鼻をつまむ。

その少女たちの視線が注がれる前を、ミツルが歩いてくる。

髪に鈴のついた匂い袋を無数に結いつけられている。

ちゃりんちゃりんと音を響かせ、歩いていくミツルの反対側から担任の先生がのらりくらりと現れて、
ミツルは先生と向かい合うと――。

ミツル　先生。僕はいじめに遭ってます。
先生　何があった？
ミツル　誰が誰にどんな目に遭ってるか、先生が自分の目で確かめてください。
先生　確かめろって言われてもなぁ。
ミツル　見ればわかります。
先生　なんで教えてくれないんだ？

ミツル　ちゃんと見てくれればわかります。

先生　わかったよ。

ミツル　お願いします。

先生　（行きかけて振り返り）見ればわかるんだな？

ミツル　わかります。

ちゃりんちゃりんと音を響かせ、ミツルが通り過ぎていく……。
鈴の音が響く中をのらりくらりと、先生もまた去っていく。

昔セリナ　……86、87、88、89、90、91、92、93、94、95、96、97、98、99、100、101、102、103……

少女たちの姿はすでに消えている……。
父母の言い争いは続いている。
昔のセリナ、食べ続けるセリナに気づいて——。

昔セリナ　何してんのよ……！

セリナ　……。（食べ続ける）

昔セリナ　こんなことして何になるの？

セリナ　………。（食べ続ける）

昔セリナ　これが闘いなわけ？　あんたの言う闘い、これが？

セリナ　………。（食べ続ける）

昔セリナ　意味ない。

セリナ　………。（食べ続ける）

昔セリナ　セリナは15歳になりました。拒食が始まりました。

セリナ　うるさい。（食べ続ける）

昔セリナ　痩せ細った体を手に入れました。人生は捨てたもんじゃない。

セリナ　そうよ、人生は捨てたもんじゃない。（食べ続ける）

昔セリナ　16歳になりました。リバウンドが起こり、拒食は過食にひっくり返りました。食欲が止まらなくなったセリナはやがて吐くことを覚えました。

セリナ　黙れ。（食べ続ける）

昔セリナ　吐きさえすれば体は痩せ細ったまま。人生は捨てたもんじゃない。

セリナ　黙れ。（食べ続ける）

昔セリナ　17歳もそうやって繰り返すの？

セリナ　黙れ黙れ、黙って見てるしかない女は引っ込んでろ……！

昔セリナ　………。

セリナ　なんにも変えなかったくせに。なんにもしようとしなかったくせに。

昔セリナ　………。

セリナ、食べ続ける……。
父母の言い争いはまだ続いている。
昔セリナ、突然、弾かれたようにセリナを押しのけて、素手でケーキを食べ始める。セリナを上回るほどのすさまじい勢い。セリナ、一瞬あっけにとられるが――。

セリナ　引っ込んでろ。お前なんか消えてなくなれっ！（再び食べ始める）
昔セリナ　あたしを見てよ、お母さん！（食べ続ける）
セリナ　………。（食べる手が止まる）
昔セリナ　何か言ってよ、お父さん！（食べ続ける）
セリナ　………。
昔セリナ　気づいてよ、あたし3年前から叫んでた……！

その叫びが届いたのか父と母、ふと、ケーキまみれのセリナに気づく。
途端にみるみる驚きの顔になって――。

母　セリナ……！

父　何やってんだ、お前。
母　何なの、なんでフォーク使わないの？
セリナ　………。
母　食べたくなかったんなら食べなきゃいいでしょ。なんてことするの。
昔セリナ　……どうしたんだって聞いて、お母さん。
父　なんの真似だ、17にもなって。
昔セリナ　どうしたんだって聞いてよ、お父さん。
母　あ〜あ、ほらもぅ服もテーブルもべちゃべちゃじゃないの。
父　何が気に入らない？
母　困らせないでよ、お前まで。
父　言いたいことがあるなら言ってみろ。
母　セリナ、お姉ちゃんなんだからちゃんとしてくれなきゃ。
父　（母に）外で働いてる場合じゃないな。
母　それは関係ないでしょう。
父　お前が子供たちのことをしっかり見てないから、こんなだらしないことを平気でするんだ。
母　あなただって父親じゃない。
父　俺は責任のことを言ってるんだ。
母　そうやって、いつもあたしひとりに……

昔セリナ　（遮るように）聞こえないの、お父さん、お母さん……！

父・母　（ふと呼ばれた気がしてセリナを見る）……？

昔セリナ　……髪を触ってほしいの。

母　……セリナ？

父　今、何か言ったか……？

昔セリナ　今だけでいいから。お願い。あたしの髪を触って。

母　………。

父　………。

昔セリナ　髪を触って。

母　………。

父　………。

父と母、ゆっくりとセリナに近づいていく。
母、セリナの髪を撫でる。続いて、父もまた……。
セリナ、ぐっと唇を噛み、髪を撫でられている……。
父、おずおずと、ぼそぼそと、髪を撫でつつ——。

父　……Happy Birthday to you.　Happy Birthday to you.

母も髪を撫でながら歌に加わって——。

父・母　Happy Birthday dear SERINA. Happy Birthday to you.……。
セリナ　……ありがとう。
父　順番、逆になっちゃったな。
母　ほんと。
父　逆ついでにローソクに火つけるか。
セリナ　ケーキ、ぐちゃぐちゃだよ。
母　まだ立つわよ。それとも新しいの買ってくる?
セリナ　これでいい。
母　いいの?
セリナ　これがいい。
父　立てよう。

わずかに残ったケーキに父・母・セリナ、ローソクを立て始める。
そこへミツルが戻ってきて——。

ミツル　何やってんの？
父　おぅミツル、お前もローソク立てろ。
母　お姉ちゃんの誕生日よ。
ミツル　何、それ？　ケーキ？
父　どこでも立つってわけじゃないからな、ちゃんと立つとこ探して立てなきゃうまくいかないんだから、やってみろ。
ミツル　（怪訝に）それ、食べたの？　食べるの？
父　食べることはあとでいいから。
セリナ　ミツルが火つけてよ。
母　つけてあげてよ、ミツル。

ミツルも加わって、辛うじて立てられたローソクに火が灯されていく。
その様子をじっと見ていた昔セリナ、ふと、去っていこうとして——。

セリナ　ね。
昔セリナ　………。
セリナ　消えるの？
昔セリナ　あたし、抹殺されてるから。

セリナ　いるよ。
昔セリナ　………。
セリナ　あんたはあたしの中にいる。
昔セリナ　………。
セリナ　ずっといる。
昔セリナ　………。（微笑む）

昔セリナ、どこへともなく去っていく。

母　セリナ、火ついたわよ。
セリナ　うん。
父　（ミツルに）お前、学校でいじめられてるのか？
ミツル　………。（父を見る）
父　そうなのか？
ミツル　頑張るよ。
父　え？
ミツル　死んだりしない。
父　当たり前だ。

ミツル　お母さん、電気。
母　あ、そうね。

部屋の明かりが突然、ぷつっと落ちる。
ロ－ソクの火に家族の顔が照らし出されて――。

母　やだ、ブレーカー落ちた？
父　なんで落ちるんだ？　何もつけてないだろう？
母　あなた見てきてよ。
ミツル　いいよ後で。
父・母　………。
セリナ　ナイスタイミングだよ。
ミツル　そういうときもあるよ。
父　そうだな。
セリナ　じゃ消していい？
母　消して。

セリナ、吹き消す。

【#2】ピアッシング「美咲」

美咲
香奈恵
麻里子
若菜

美咲の母
香奈恵の父

ケータイ少年少女たち

闇に美咲の声。

美咲の声　マイ・アニバーサリー。生まれて初めてのタトゥを入れる。まがい物のシールではなく正真正銘の入れ墨。つまり、あたしの左腕に文字や簡単なイラストを、ぶっとい針でぢくりぢくりと彫ってもらう。それもこれもすべては、今日の日を忘れないために。今日の日を忘れないために。今日の日を忘れな……（ぷつり、と切れる）

テーブルに向かい合い、美咲の腕に香奈恵が針で文字を刻みつけている。
香奈恵の耳には巨大なピアスがぶら下がっていて——。

美咲　痛いッ……。
香奈恵　あ、ごめん。
美咲　今、ビビッて体に電気走った。
香奈恵　うそ、大丈夫？
美咲　平気平気、続けて。
香奈恵　けっこう血、出てるよ。
美咲　こんなの蚊に刺されたのと変わんない。（脱脂綿で血を拭き取りつつ）いいから続けて。
香奈恵　私の名前、3文字だから彫るの時間かかるんだよね。画数《かくすう》も意外と多いし。

美咲　テストに名前書くのめんどくさくない？

香奈恵　超めんどくさい。「香奈恵」って、読み仮名1個に漢字1個だよ、効率悪すぎ。

美咲　あたしのクラスで、テストのときとか、名前の後になんかテキトーなこと書くのがちょっとはやってさ。

香奈恵　たとえばどんな？

美咲　「守田美咲、ただいま参上！」とか。

香奈恵　あ、それ面白いね。

美咲　シモカワって男がいるんだけどさ、そいつなんか「シモカワコーヘイ、だったらどうする？」って書いたりして。

香奈恵　ちょっと笑える。ハハッ。

美咲　痛っ。

香奈恵　あ、ごめん。深すぎた？

美咲　なんかモロ、痛点に命中したって感じ……。

香奈恵　笑ったらずぼって刺しちゃった。

美咲　綺麗に彫ってよ、香奈恵の名前なんだから。

香奈恵　ちゃんとやってるって。

美咲　………。（香奈恵の作業を見ている）

香奈恵　美咲は自分の名前、好き？

美咲　嫌い。
香奈恵　……嫌いなんだ。
美咲　だって自分で選べないじゃん。香奈恵は好きなの？
香奈恵　どっちでもないかなぁ……。
美咲　自分で選べないものは嫌い。

突然、厚底靴のガングロ少女が二人、挑むように現れ、向かい合って立つ。

少女A　あたしさ、あんたのこと友達だと思ってるけど、あんたはどう？
少女B　あたしもさ、あんたのこと友達だと思ってると思うよ。
少女A　どれくらい？
少女B　あんたが思ってるのと同じか、それ以上。
少女A　絶対的にってこと？
少女B　そう、それ。絶対的に。
少女A　証拠は？
少女B　証拠？
少女A　友達だっていう証拠。なんかある？
少女B　絶対は絶対じゃん。

少女Ａ　話になんない。
少女Ｂ　（一瞬考え）あんたはあるの？
少女Ａ　（一瞬考え）秘密を教える。
少女Ｂ　秘密？
少女Ａ　誰にもしゃべったことのない私の秘密。聞く気ある？
少女Ｂ　聞くわ。

少女Ａ、バッグから糸電話を出して片方を少女Ｂに放り投げる。
少女Ｂ、それをキャッチして耳にあてる。

香奈恵　ねぇ効率悪いからさ、ぶっとい針に替えていい？
美咲　いいけど。
香奈恵　レアステーキみたいに血が滴るかもしれないよ。（と、取り出した針は異常にばかデカい）
美咲　大丈夫、あたしステーキはいっつもレアだから。
香奈恵　美咲ってけっこう神経図太いよね。
美咲　図太くなんかないよ。ただ血を見ると、なんか落ち着くんだよね。
香奈恵　落ち着くかなぁ。
美咲　普通はびっくりするのかな？

香奈恵　あたしは別になんとも思わない。
美咲　時々、あ、ちゃんとあたしの血は流れてるんだって確かめたくならない？
香奈恵　全然ならない。
美咲　昔、リストカットしてたんだ、あたし。
香奈恵　いつ頃？
美咲　中2のとき。
香奈恵　手首、切ってたの？
美咲　手の甲のほうだけどね。なんか知らないんだけどさ、カッターとかナイフとかで切っちゃってたんだよね。
香奈恵　クラスでいじめられてた？
美咲　人並みに。
香奈恵　ふぅん。

少女B、糸電話を耳から外して——。

少女B　人は見かけによらないね。
少女A　得てしてそんなもんだよ、人間なんて。あんたの番だよ。
少女B　あたし？

少女A　秘密、教えられる？
少女B　実はあたし、色白なんだ。
少女A　……。
少女B　これでおあいこだね。
少女A　あんた、バカにしてない？
少女B　ただの色白じゃないんだよ。いっつも顔色わるそーで、ビョーキビョーキってよくいじめられた。そーゆー色白。
少女A　それであんた、ガングロに走ったわけ？
少女B　それって人を見かけで判断してない？
少女A　今のは質問しただけ。ただの推測。
少女B　あたしだって人生いろいろあったんだよ。あたしの苦労話、聞きたい？
少女A　聞いたげる。

少女A、糸電話を耳にあてる。

美咲　前にさ、脱獄囚かなんかの映画観たことあるんだよね。題名もストーリーも忘れたんだけど、主人公が無実の罪で刑務所に入れられちゃうわけ。
香奈恵　それ『ショーシャンクの空に』ってやつじゃない？

美咲　違う気がする。
香奈恵　あの映画、面白いよ。オススメ。
美咲　でさ、主人公が毎日毎日、スプーンで刑務所の壁に線を刻みつけるんだよ、日記代わりに。今日も一日が終わりました。また今日も一日が終わりました。そしてまた今日もって、一日が過ぎていくごとに壁にざくって印をつけるんだ。聞いてる？
香奈恵　いたいけな少女は毎日毎日、印をつけていました。でもそれは壁ではなく自分の手の甲だったのです。
美咲　なんか似てるでしょ、リストカット。
香奈恵　毎日やってたら死ぬよ。
美咲　イメージ。心理的なこと言ってんの。
香奈恵　そして少女はやがてそれが、快感に変わっていったのです。
美咲　あ、バカにしてる。
香奈恵　あたしもやったことあるよ。
美咲　え？
香奈恵　手首、バシバシ切ってた。
美咲　そうなんだ。
香奈恵　一度、静脈も切ったことある。どびゅっって血がすんごい勢いで噴き出してきて、ちょっとびっくりした。

少女A、糸電話を耳から外して――。

少女A　ちょっとびっくりだね、その話。
少女B　これであたしがあんたのこと、絶対的に友達だって思ってることわかった？
少女A　まだ不十分。
少女B　不十分？
少女A　あたしさ、馴れ合いの友達だけは勘弁してって感じなんだよね。あんたは？
少女B　馴れ合いは友達じゃないよ。
少女A　あんた、あたしのイヤなとこ、面と向かって洗いざらい言える？
少女B　言ってほしいの？
少女A　絶対的な友達だったら、イヤなとこもはっきり言えるって思うんだよね。
少女B　相手がドッボに傷つくようなことでも？
少女A　そんなの言ってみなきゃわかんないじゃん。それに傷つくようなことでも、自分のことを思って言ってくれてるんだったら、どっちかっつーと有り難いことじゃない？
少女B　あんた、あたしのイヤなとこ、あたしにはっきり言える？
少女A　あたしはあんたのこと友達だと思ってんだよ。
少女B　言ってみて。

少女B、糸電話を耳にあてる。

香奈恵　できた。

美咲　サンキュ。（自分で眺めてから香奈恵に見せて）どう？

少女B、いきりたって糸電話を叩きつける。

少女A　何怒ってんの？　友達だから言ったんだよ。

少女B　友達だろーが何だろーが、人間として最低限のルールってもんがあるの。

少女A　あんた、カタブツだね。

少女B　あんたが恥知らずなんだよ。

少女A　恥知らず？　それ、忠告として言ってんの？

少女B　そうだよ、友達だから言ってんじゃん。

少女A　だったら聞いとく。

少女B　今度会うときまでに、そーゆー恥知らずなとこ直してきて。ヨロシク。

少女A　あんたもすぐブチキレる性格、今度までに改善ヨロシク。

少女A・B、互いにニヤリと笑って去っていく。

美咲　ねぇ、感想は？
香奈恵　美咲のカラダにあたしの名前がある。
美咲　そう、あたしのカラダに香奈恵の名前が刻まれてる。
香奈恵　あたしのカラダがあたしから離れてそっち行っちゃったみたい。
美咲　あたしもあたしのカラダがあたしから離れて自由になった気がする。
香奈恵　なんか変な感じ。
美咲　なんかいい感じだよ。
香奈恵　（ややあって）あたしが痛い思いしたら、美咲も痛いと思うかな？
美咲　……試してみる？
香奈恵　なわけないか。
美咲　あたしが香奈恵と同じ場所にピアスも入れたらそう思えるかもしれないよ。
香奈恵　えだって美咲の学校、ピアス禁止なんでしょ？
美咲　ピアスもダメ、茶髪もダメ、化粧もダメ。ダメダメ攻撃。（彫った箇所にガーゼを当てる）
香奈恵　校則破る子、全然いない？
美咲　いるけど、速攻呼び出しくるからね。（ガーゼの上から腕にリストバンドをする）
香奈恵　あ、彫ったとこ、消毒スプレーしといたほうがいいよ。

美咲　あたしももっと自由な学校に行けばよかった。

香奈恵　美咲、禁止されてるんだからイミテーションでもよかったんじゃないの？

美咲　ダメだよ、リアル・タトゥじゃなきゃ。（リストバンドをめくってスプレーする）

香奈恵　だって今彫ったのも消えちゃうよ。

美咲　消える？

香奈恵　そりゃそうだよ、プロの彫り師じゃないんだから。ミミズ腫れになってしばらくは跡が残るけど、そのうち瘡蓋ができて、知らず知らず元通り。

美咲　消えるんだ……。

香奈恵　ホンモノはもっと全然痛い。

美咲　香奈恵も痛かった？

香奈恵　割に平気な人もいるみたいだけど、あたしは臍ピアスのとき超痛かった。

美咲　カラダにピアス入れてるってどんな感じ？

香奈恵　なんだろう、あたしはココにいるって感じかなぁ。

美咲　（誰に言うともなく）あたしはココにいる……。

香奈恵　誰も知らない秘密の私。美咲、時間いいの？

美咲　あ、そうだ、急がなきゃ。

香奈恵　今日はお風呂入らないほうがいいよ。

美咲　わかった、ありがとう。

香奈恵　じゃあね。
美咲　バイバイ。

言いつつ美咲・香奈恵、そのまま椅子を立つことはなく――。
しばらく――。
美咲、鞄からノートと教科書を出して勉強を始める。
香奈恵、リモコンを手にしてパワーを入れるとＴＶがつく。
バラエティ番組らしく、下品で予定調和的な笑いが間断なく流れてくる。
香奈恵、その画面をくすりとも笑うことなく見ている……。
バッグと自立式の鏡を持って女が現れる。それは美咲の母で――。

母　勉強なら自分の部屋ですれば？
美咲　こっちのほうが広いから。
母　ここはご飯を食べるとこ。
美咲　ほかに誰もいない。誰も来ない。
母　だからってあんたの勝手にしていいわけ？
美咲　………。
母　………。（バッグから化粧ポーチを出してメイクを始める）

美咲　（勉強しながら）化粧はしてもいいんだ。

母　あんたには自分の部屋に専用の勉強机がちゃんとある。この家に、母さん専用の机がある？

美咲　………。

母　あんたが使わなかったら、あの机は何のためにあるわけ？

美咲　………。

新聞に瓶ビールとコップ、つまみを手に男が現れる。それは香奈恵の父で、ビールを注ぎ、つまみを食べつつ、香奈恵が見ているＴＶを見始める。

母　あんたには好きなことさせてきたつもりだよ。行きたい大学があるんなら、母さんそのぶんはりきって働いて、意地でも行かせてあげる。

美咲　いいよ、そんな意地張らなくても。

母　父親がいないからちゃんとしてないって思われたくないの。

美咲　………。

母　あんた、小学校の頃、父親がいないってバカにされて泣いて帰ってきたじゃない、覚えてないの？

美咲　………。

父　（ＴＶが面白くて突然笑う）ダハハッハハ……。

香奈恵　………。

母　悔しかったじゃない。

美咲　………。

母　いろんなこと、あんたはちゃんとしてくれなくちゃ。

父　ダハハッハハ……。

香奈恵　………。（鞄からハサミを取り出し、切れ具合をチェックする）

母　母さん、夜勤明けでそのまま別の用事あるから、明日も晩ご飯、ひとりですませて。母さんのぶんはいいから。

父　ダハ、ダハ、ダハハハ……。

香奈恵　………。（ハサミで枝毛を切り始める）

美咲　ひとつ聞いていい？

母　何？

美咲　靴にね、小さな石のかけらか何かが入ってて、絶対我慢できないほどじゃないけど、歩くと足の裏がちくちくすることってあるでしょう？　そういうとき母さん、靴を脱いでちくちくするものをすぐ取る人？

母　取るわよ。

美咲　どうして？

母　取らなきゃ痛いんでしょ、取るに決まってるじゃない。取らない人なんている？

美咲　………。
父　ダッハハハ……。
香奈恵　………。（目を閉じる）
母　変なこと、聞く子ねぇ。
父　ダッハハハ……。（と溜息をついて）ハァァ……。

父、リモコンを手にしてザッピング。
ＴＶ番組の断片的な声や音楽が次々にシャワーのように流れてくるが、歌が流れたところで父、ぷつり、とパワーをＯＦＦにする。
が、すぐに香奈恵、父の置いたリモコンを手にしてパワーＯＮ。
途切れた歌が聞こえてくる……。

母　じゃ、行ってくるから。
美咲　うん。
母　勉強は自分専用の勉強机で。いいね？
美咲　そうする。

母、鏡をそのままに出ていく。

父、何か言いたげに香奈恵を見るが、新聞だけ持ってそのまま出ていく。
美咲、教科書・ノート類を閉じる。
香奈恵、TVを消す。
美咲、リストバンドをめくって彫った文字をじっと見る……。
香奈恵、服をめくって臍ピアスをじっと見る……。
異形のものを思わせるような巨大なピアス……。
ドクッドクッドクッと、脈打つ音が聞こえてくる……。
美咲、鞄から携帯電話を出して電話をかける。
着メロが鳴る……。
香奈恵、鞄から携帯電話を出して電話に出る。

香奈恵　はぁい。
美咲　ハロー。
香奈恵　珍しいね、こんな時間に。
美咲　今どこにいるの?
香奈恵　家《うち》だよ。さっきまで家族みんなでご飯食べてテレビ見てたとこ。
美咲　へぇえ。何食べたの?
香奈恵　しゃぶしゃぶ。お父さんと一緒にビールも飲んだりして。(瓶ビールを手に取ってみる)

美咲　最高だねぇ。
香奈恵　なんかお父さんが好きなんだよね、家族で鍋つつき合うの。美咲は？　どこにいるの？
美咲　わが家のリビングルーム。うちも今日は純和風だよ。お母さんと一緒に煮物作ったんだ。
香奈恵　いいね、お袋の味。
美咲　（鏡に自分の顔を映してみる）うちのお母さん、料理にはうるさいんだよ。なんだかんだ言ったって男は手料理に弱いんだから、煮物の一つも作れれば男には困らないって。バカでしょ。
香奈恵　うちのお父さんなんてもっとバカだよ。テレビ見ててさ、モーニング娘《モーむす》。とか、松嶋菜々子とか出てくるたんびに、お前のほうが勝ってる、お前のほうが勝ってるって、そんなバレバレの嘘つかれたって全然嬉しくないっつーの。
美咲　いいじゃん。いい親バカだよ。
香奈恵　あたしも困るんだよね、いい加減、子離れしてくれないと。美咲のお母さん、働いてるんでしょ？
美咲　まぁね。
香奈恵　いいなぁ。手に職持って、家では煮物作って。理想だよ。
美咲　うん。理想的にしっかりしてるよ、自分のことは。
香奈恵　お母さん、今そこにいるの？
美咲　え、なんで？
香奈恵　いや、なんか静かだなぁと思って。うちほら、テレビ見ててもお父さんがいちいち話しかけてくるからうるさくって。
美咲　今夜、夜勤なんだよ。看護婦だから。
香奈恵　あ、そうなんだ。看護婦なんだ。
美咲　そっちも静かだね。
香奈恵　あ、お父さん、ビール飲み過ぎて今ソファでくたばってる。あ〜あ、あんぐりバカでかい口開けちゃって。だから今は静寂。
美咲　そうなんだ……。
香奈恵　うん……。
美咲　ほんと、静かだね。
香奈恵　うん……。
美咲　………。
香奈恵　………。
美咲　ねぇ、今どこにいる？
香奈恵　だから家《うち》だって。
美咲　じゃなくて秘密の香奈恵。香奈恵の中にいる香奈恵。
香奈恵　………。（ボディピアスを見る）
美咲　聞いてる？
香奈恵　（ピアスを見たまま）美咲は自分のカラダが嫌いなの？

美咲　言ったでしょ、自分で選べないものは嫌いだって。自分で選べないものは全部嫌い。
香奈恵　……。（ピアスを見ている）
美咲　身体髪膚《しんたいはっぷ》これを父母に受く。
香奈恵　何それ。
美咲　カラダは丸ごと親からもらったものだってこと。
香奈恵　その親だって選べないし。
美咲　でも香奈恵んち、賑やかで楽しそうじゃん。
香奈恵　うん、そうだよ。あたしは恵まれてる。美咲もそうでしょ？
美咲　うん。恵まれてる。
香奈恵　めでたしめでたし。
美咲　香奈恵。
香奈恵　え？
美咲　あたし、やっぱりピアスしようと思って。
香奈恵　耳ピアス？　臍ピアス？
美咲　両方。
香奈恵　げ、一気にダブル？
美咲　守田美咲、大変身。
香奈恵　校則違反で速攻呼び出し。

美咲　平気平気。パワフル美咲、ツワモノ美咲に変身するんだから。
香奈恵　ね、また近いうち会おうよ、カラオケボックスで。
美咲　そうだね、今度はほかのメール友達も誘って。
香奈恵　いいねぇ、メール仲間のカラオケ・パーティー。
美咲　いいねいいね。ツワモノどもがパワフル・カラオケ・パーティー。みんなくるかな？
香奈恵　くるよ。みんな暇持てあましてメールやってんだから。
美咲　そりゃそうだ。
香奈恵　じゃあ、またね。
美咲　バイバイ。

美咲・香奈恵、電話を切る。

掛け値なしの完璧な静寂……。

やがて鞄を手にした美咲、鏡を持って去っていく。

同じく香奈恵、ビール瓶とコップを持って去っていく。

静寂を破って、ガングロの少女A・Bがサングラスをかけて現れ、互いに挑むように向かい合って立つ。

少女A　あんたさ、こないだ言ったこと、直してきた？
少女B　もちろん。ブチキレるたびにブチキレる自分にブチキレて、ほとほと疲れちゃったから、もうブチキレる元気もないんだ。だから大丈夫。あんたは？

少女A 「恥知らず」ってノートに100回書いて、100の恥知らずに上から全部赤ペンでバッつけたからもう大丈夫。

少女B なんで100なの？

少女A そんなの意味あるわけないじゃん。

少女B でさ、なんであんた、サングラスかけてんの？

少女A あんただってかけてんじゃん。

少女B あたしはあんたがそうしてくるんじゃないかって、そーゆー読みがあったの。

少女A あたしに合わせてくれたわけ？

少女B 友達だもん、合わせるよ。

少女A へぇえ。

少女B 感動した？

少女A あんたのサングラス、真っ黒じゃん。そんなんで見えんの？

少女B 見えるよ。コレで見ると、世の中、全部ガングロだよ。

少女A あたしのとちょっと替えてくれる？

少女B あたしが見てる世界に興味ある？

少女A あんただってあたしが見えてる世界、ちょっと覗《のぞ》いてみたいと思わない？

少女B 覗いてみるわ。

少女A・B、サングラスを外して相手に投げて渡す。
交換したサングラスを少女A・B、互いにかけて――。

少女A　どう？　少しはあたしの世界がわかった？
少女B　ひと言で言うなら、なるほどねって感じ。
少女A　（サングラスを外し）ほんとにわかった？　ほんとにわかったんなら、微《び》に入り細《さい》をうがち説明してみて。
少女B　（サングラスを外し）そしたらあんたも、あたしの世界をどう思ったか、懇切丁寧に意見してくれる？
少女A　オーケー。

少女A、バッグから糸電話を出して片方を少女Bに放り投げる。
少女B、それをキャッチして口にあてて話し出そうと――。

少女A　言っとくけど、嘘はなしだよ。
少女B　あんた、あたしが嘘つくと思ってんの？
少女A　思ってないけど、嘘っぽい関係って多いじゃん、世の中。だから釘刺しただけ。

少女B　あんたね、あたしはこう見えても打てば響く女だよ。
少女A　じゃあ言ってみて。（糸電話を耳にあてる）
少女B　つまり、あんたが見てる世界は、（糸電話を口にあて、空に羽ばたこうとする動きをして見せ）ってことでしょ？
少女A　へぇ、そんなふうに思えるんだ。
少女B　あんたの番だよ。言ってみて。（糸電話を耳にあてる）
少女A　つまり、あんたに見えてる世界は、（糸電話を口にあて、自分自身をぎゅぎゅぎゅっと抱きしめる動きをしてみせ）ってこと。違う？
少女B　ふぅん。あんた、けっこう見る目あるね。
少女A　あんたもたいした洞察力《どうさつりょく》だよ。あんた、名前は？
少女B　若菜。
少女A　あたし、麻里子。
若菜　じゃ麻里子、友達の印にあんたのリングラス、今度まで借りてていい？
麻里子　あたしも若菜のサングラスでもっと世の中見てみることにする。
若菜　これでお互い、人生パワーアップだね。（サングラスをかける）
麻里子　バリバリだよ。（サングラスをかける）

麻里子と若菜、おぼつかない足取りで、手探りしながら去っていく。

リビングに香奈恵の父、新聞に瓶ビールとコップ、つまみを手に現れ、テーブルにつくと、リモコンでTVをつけ、新聞を広げて読み始める。

美咲の母、バッグと自立式の鏡を持って現れ、鏡を立てると、化粧ポーチを取りだしてメイクを始める。

と、美咲が耳に巨大なピアスをして現れ、無言のままテーブルにつくと、教科書とノートを出して勉強開始……。

母はみるみる、驚きと困惑の表情に変わるが、何も言えず……。

と、香奈恵が増殖した巨大な耳ピアス、さらに鼻ピアスをして現れ、無言のままテーブルにつくと、リモコンでTVのチャンネルを変える。

怒ったような、困惑したような顔の父、半ば呆然としていたが、すぐにリモコンでTVのチャンネルを元に戻す。

香奈恵、すぐさまチャンネルを変える。

このやりとりがさらにもう一度繰り返され、父がTVを消して——。

父　いい加減にしろ。
香奈恵　どっちが……!
母　……。
美咲　叱らないの?
母　叱ってほしいの?

美咲　………。
父　なんでそんなムチャクチャなモン、体にくっつける？
香奈恵　なんだ、ピアスが気に入らないの？
父　俺へのあてつけか？
香奈恵　なんでもかんでも自分に結びつけないで、たいした自信。
父　………。
香奈恵　一度その顔、自分で見てみたら？
母　………。（鏡を美咲の顔の前に立てる）
美咲　………。
母　母さんはあんたをそんなふうに育てた覚えはない。
美咲　………。
父　お前、俺をなんだと思ってるんだ？
香奈恵　別に。
父　別にってなんだ。なんだ、その言いぐさ。
香奈恵　突然怒鳴ったのはそっちじゃない。なんで突然怒鳴るの？　父親だから？
父　………。
香奈恵　たまに口を開けばガオー。ワオー。
父　俺と話すのがそんなに嫌か？

香奈恵　怒鳴り合うより黙ってるほうがずっと健全。
父　心配ぐらいする。
香奈恵　それが心配してる顔？
父　………。
母　それはあんたが自分で決めたことなんだね？
美咲　あたしは母さんの鏡じゃない。
母　鏡……？
美咲　母さんはあたしを見てない。あたしを見てる振りをして、いつも自分しか見てない。
母　………。
父　俺がどんなに苦労してお前を育ててきたと思ってるんだ？
香奈恵　そんな話、聞きたくない。
父　………。
美咲　あたしは母さんじゃない。
父　母さんがいれば、違ったのか？
香奈恵　だからそんな話して何になるわけ？　聞いて「オトウサマ、アリガトウ」って言えば、それでオールオッケー？
母　言いたいことはそれだけ？
美咲　………。

父　情けないよ。

母　洗濯物、まだ干したままだから、取り込んできて。

美咲　………。

母　聞こえなかった？　母さんのじゃない、あんたの洗濯物よ。

美咲　………。

不意に母、憤然と立ち上がって出ていく。
美咲、教科書・ノートを閉じて、耳ピアスを鏡に映して見る……。
父、何か言いたげに香奈恵を見るが、そのまま出ていく。
香奈恵、鏡をバッグから出し、増殖した耳ピアスを映してじっと見る……。
若菜と麻里子、サングラスをかけて、おぼつかない足取りで現れる。サングラスをはずし、互いに向かい合って挑むように立った、と思いきや、二人とも出し抜けに厚底靴を脱ぎ始めて——。

麻里子　あんたさ、あたしに自分の夢を語れる？

若菜　夢？

麻里子　こっぱずかしいけどさ、みんな将来の夢ってたぶん持ってんじゃん？　そういう夢、あたしに語れる？

若菜　あんたは語れンの？

麻里子　ちょっと照れるけど、あんたが語るんなら、語ってもいいよ。
若菜　あたしも語ってもいいけどさ、絶対笑わない？
麻里子　笑うわけないじゃん、友達だよ。あんたこそ笑わない？
若菜　笑わないよ。友達だもん。
麻里子　じゃちょっくら、語ってみて。
若菜　あんたが先に語りなよ。
麻里子　ヤだよ、あんたが先でいいじゃん。
若菜　あんたが言い出したんだから、あんたが先だよ。
麻里子　じゃ二人同時に語るっての、どう？
若菜　話しながら聞くわけ？　そんなんで理解できる？
麻里子　できるよ、理解しようと思う気持ちがあれば。
若菜　だったらいいよ、二人同時で。
麻里子・若菜　インチキはなしだよ。

麻里子と若菜、それぞれバッグから糸電話を出して互いに投げる。

美咲、リストバンドをめくって腕を見ていたが、やがて携帯電話を出して電話をかける。

着メロが鳴る……。

香奈恵、携帯電話を出すが、鳴り続ける電話をじっと見るだけで——。

糸電話をキャッチした麻里子と若菜、一つは口に、一つは耳にあてて、話し、聞き始める。

と、あちこちからケータイを手に、話しながら少年少女が現れる。

その少年少女たち、誰もがカラダの一部から線のようなものが出ているが、その線がどこに繋がれているのか、その先は見えず――。

香奈恵、ようやく電話に出て――。

香奈恵　はいはぁい。
美咲　ハロー・マイ・ディアー。元気？
香奈恵　元気元気。美咲のカラダのあたしも元気？
美咲　（リストバンドをめくって見て）ミミズ腫れ。
香奈恵　あ、やっぱり？　そうなっちゃった？
美咲　ま、いいよ、今度ホンモノ入れるから。ね、今何してた？
香奈恵　お父さんと差し向かいで親子の団欒。トーキング。
美咲　何話してたの？
香奈恵　あたしがお嫁に行ったらお父さん泣くかなぁって、そんなダサい話。
美咲　お父さん、泣くって？
香奈恵　泣く泣く、大泣きするって。お前はモーニング《モーニング》娘《むす》。よりいい女だから、あっちは何人もいるけど、俺はお前一人に10人分以上の涙を流すって。アホ丸出し。

美咲　香奈恵、結婚したいの？
香奈恵　まさか、まだ全然そんなこと考えてないよ。考えてないけど、そんな話になっちゃったんだよね、将来のこと話してたら。美咲は何してたの？
美咲　あたしもお母さんと将来のこと話してた、さっきまで。
香奈恵　へぇぇ、どんな？
美咲　だから、将来どうしたいかとか、何になりたいか、とか。
香奈恵　あ、それ聞きたい。聞く聞く、聞かせて。
美咲　いいよ照れるから。香奈恵は絶対笑うに決まってる。
香奈恵　そりゃ笑うよ。笑われなかったら、かえって辛くない？　こういうことは笑って軽く流さなきゃ。
美咲　そうだね。軽く笑って、あっさり流してくれたほうがいいね。
香奈恵　で、お聞きしましょう、守田美咲、将来の夢。
美咲　プレッシャーかけないの。（くすくす笑う）
香奈恵　いいねぇ、ほぐれたほぐれた。
美咲　だからさ、あたしは将来……

突然、ケータイで話していた人々の声が一斉に響き渡る。
美咲と香奈恵。麻里子と若菜。そしてケータイの少年少女たち。

誰もが将来の夢を語り合って話に熱中し、盛り上がっているが、誰が何を言っているのやら、さっぱり聞き取れない。

やがて——。

ケータイの少年少女たち、一斉に大笑い、バカ笑い、のたうち笑い……。

美咲・香奈恵、麻里子・若菜は凍りついていて——。

美咲　………。
香奈恵　………。
美咲　今、あたしのことバカにした……？
香奈恵　え……？
麻里子　あんた今、腹の底で笑ったでしょ？
美咲　くだらないって見下した……。
香奈恵　何、マジモード入ってんの、流して流して。バカになんかしてないよ。
若菜　あんたこそ、腹の底で思いっきり笑ってた。
美咲　あたしはバカにしてない。
若菜　嘘つき。
麻里子　笑わないって言ったのに。
香奈恵　引っかからないでよ。流そうよ。慣れっこでしょ、そんなの。

美咲　慣れっこ……？
麻里子　ぶっとい針でぐさっと刺されたんだよ。
若菜　ぽっかり穴を開けられた。
香奈恵　みんなそうだよ、そうじゃない？　適当なこと適当にまぶして、嘘だろーがホントだろーが、今日一日が楽しく過ぎればそれでいい。引っかからないでよ。流れ止めるほうがタチ悪いよ。
美咲　タチ悪い……？
麻里子　サイテー。
若菜　サイアク。
美咲　あたしは流れを止めたかった。引っかかりたかったんだよ……！
香奈恵　だからいいじゃん、そんなの。美咲だって気づいてたでしょ、あたしが嘘八百並べてたの。恵まれた親子関係なんて全然ないよ。オトウサン、最低だよ。家ン中、びゅーびゅー寒いよ。わかってるよ。マジモードで引っかかンないでよ。
麻里子　許せない。（受け取った糸電話を相手に投げつける）
若菜　許せない。（受け取った糸電話を相手に投げつける）
美咲　あ……頭ン中、真っ白だ……。

美咲の母と、香奈恵の父が、荒々しく現れて——。

母　いつまで無駄話してんの。

父　憂さ晴らしか？　愚痴の言い合いならどっかヨソでやれ。

母　自分のことなんだから、自分でさっさとやんなさい。

父　お前のせいで、ビールが不味くなる。

一瞬の間。

そして再び、怒涛のように巻き起こる大笑い、バカ笑い、のたうち笑い……。

今度はその笑いの渦のただ中に美咲・香奈恵、麻里子・若菜もいて——。

美咲の母と香奈恵の父、憮然と去っていく。

大笑いの中にいた美咲と香奈恵、突然、携帯電話を切ると、それぞれカッターナイフとハサミを出して次々とケータイの人たちの線を切断していく。

ケータイの少年少女、なおも笑いながら潮が引くようにいなくなる。

麻里子と若菜、投げ返された糸電話を引きずり寄せ、やがて疲労を押し流すように床にへたり込む。

美咲と香奈恵、今度は道具を一切合切引っ張りだしてきて、次々に体にピアスしていく。

およそピアスとは思えない、鏡やら懐中電灯までもが体に付けられて、その体はみるみるいびつなサイボーグと化していく……。

やがて麻里子と若菜、意を決したように立ち上がり、糸電話を投げ捨て厚底靴はそのままに去っていく。

美咲と香奈恵はテーブルの椅子にどっかりと体を預けて、静寂……。

しばらく——。

美咲と香奈恵、互いに視線を合わせて、薄く笑う。

香奈恵　なんか美咲、変わったね。
美咲　そうかな。
香奈恵　パワフル美咲、ツワモノ美咲。
美咲　香奈恵だってパワフル・モデルチェンジだよ。かっこいい。
香奈恵　………。
美咲　ね、ひとつ聞いていい？
香奈恵　何？
美咲　いくつピアスすれば、あたしはココにいるって思える？
香奈恵　………。
美咲　なんか全然そんなふうに思えないんだよね。やっぱ香奈恵とは違うのかなぁ。
香奈恵　人それぞれだからね。
美咲　秘密の香奈恵は？
香奈恵　え？
美咲　香奈恵の中の香奈恵は今どこにいる？
香奈恵　どこだろう……？
美咲　いなくなっちゃった？

香奈恵　いるよ。いるにはいる。それははっきり自分でわかるんだけどね。
美咲　………。
香奈恵　………。

麻里子と若菜、靴のないままメイクボックスを持って現れ、美咲・香奈恵と並ぶようにテーブルにつく。

美咲　あたしさ、今思えば恥ずかしいんだけど、小学校5年だったかな、友達4、5人とグループで交換日記やってたことあるんだよね。
香奈恵　あたしもやってた。
美咲　あ、やっぱり？　そのときあたし、自分に「麻里子」って名前、つけてたんだ。
香奈恵　あたしは「若菜」って名乗ってた。
美咲　そうなんだ。やっぱりみんなそうなんだ。
香奈恵　芸名とかペンネームとか言っちゃってさ、みんなけっこう好きな名前つけてたよね。
美咲　あの頃、あたしの中にいた「麻里子」、今どうしてるかなぁ。
香奈恵　（ややあって、微かに笑う）ハハッ……。
美咲　おかしい？
香奈恵　忘れてた。いたんだよねぇ、あたしの中にも「若菜」が。
美咲　……あれからどうなっちゃったのかなぁ。

香奈恵　何やってんのかなぁ……。

麻里子と若菜、それぞれガングロメイクを落とし始めている。
突然、部屋の明かりが、ぷつり、と消える。

香奈恵の声　何これ、停電？
美咲の声　今どき停電なんてする？
香奈恵の声　何にも見えないね。真っ暗。
美咲の声　うん。
香奈恵の声　世の中、全部ガングロだ。

と、突然、真っ暗な中に麻里子と若菜の大声が響き渡る。

麻里子の声　ねぇ、あたし、メイク落とし、途中なんだけどぉ。
若菜の声　あたしも途中なんだけど、電気つかないのぉ？
麻里子の声　（さらに大声で）この顔でどぉせぇっちゅうのぉ？

真っ暗なまま――。

［#3］　ギャルゲー「さやか」

さやか
あや
みるく
なつき

達彦
父
母

マネキンたち

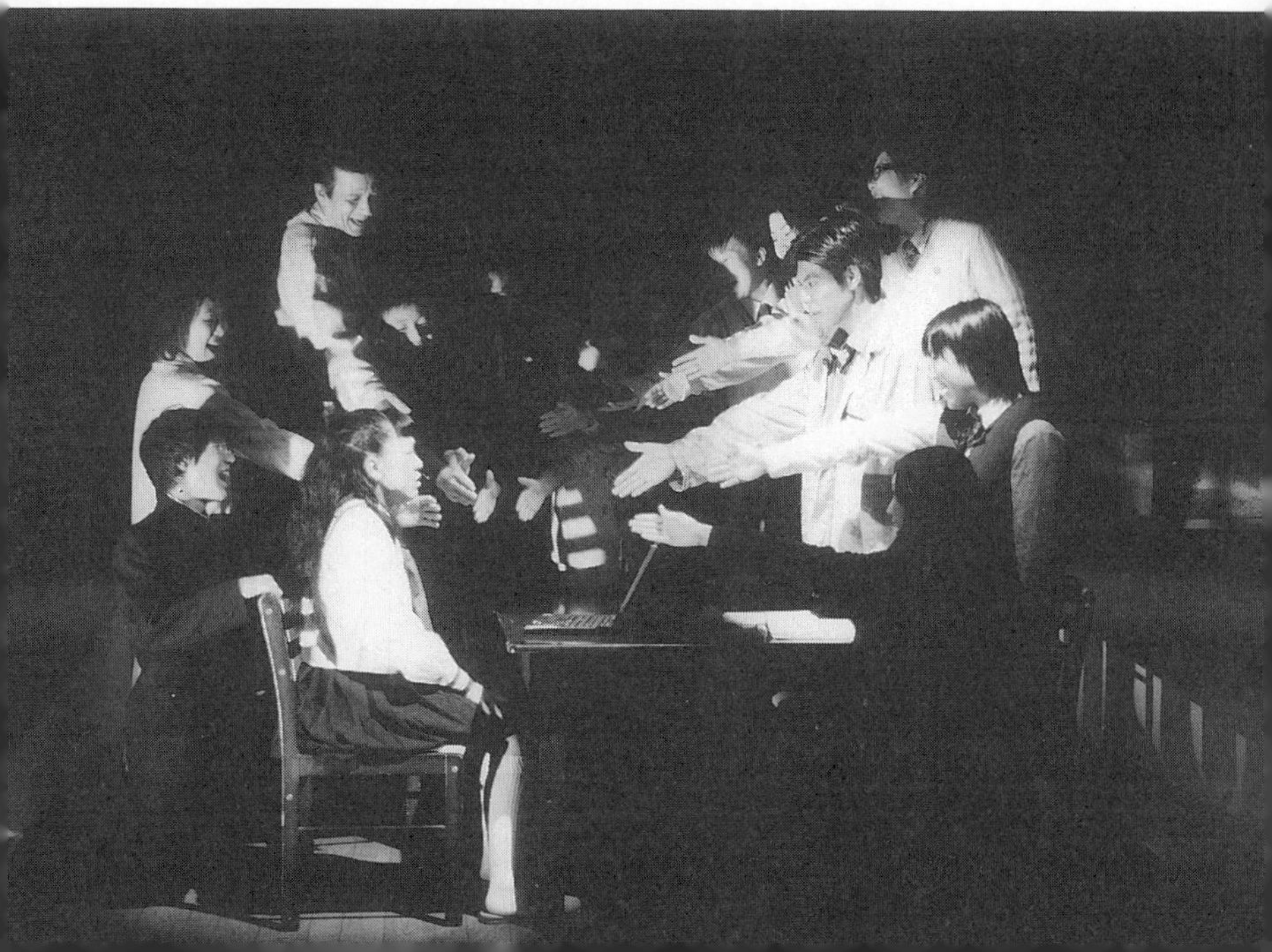

暗闇に少女の声。

少女の声　マイ・アニバーサリー。私は今日、人生をリセットする。私は今日から生まれ変わる。目を開ければ、もう私はとびっきりのいい女。ひっぱりだこの人気者。オープン・ユア・アイズ。オープン・マイ・アイズ、スリー・ツー・ワン、ＧＯ！

ＰＣ（パソコン）が開かれたテーブルを囲み、少女たちが笑顔でポーズを決めている。少女たちの中心には一人の男。開かれたＰＣとは別のＰＣに向かっているが、そのＰＣには実体がなく、男はその実体のないＰＣをタイピングしつつ——。

男　えっと、どの娘でいってみようかなぁ……、正真正銘のお嬢様、底抜けノーテンキ娘、ちょっと小うるさい風紀委員タイプぅ？　う～ン、よし、決めた。

途端に少女たちシャッフルされて、一人の少女だけがテーブルに立つ。

男　じゃまず、プロフィールを。
少女　都立サキザキ高校1年。16歳です。
男　ちなみにボディサイズは？

少女　身長162、バスト82、ウェスト59、ヒップ84。気に入った？

男　OK。で、性格は？

少女　自分で言うのもナンだけど……

男　どうぞどうぞ、自己分析。

少女　一言でいうと、明るくおおらか。

男　いいねぇ、明るくおおらか。人気者の絶対条件。

少女　血液型はBです。

男　おっと肝心な名前、忘れてた。

少女　相沢さやか。

セーラー服の少女、テーブルから飛び降りて、その男・達彦に向かう。

さやか　初めまして、さやかです。

達彦　あ、どうも。達彦です。

さやか　これからあなたを好きになります、よろしくね。

達彦　え？　絶対好きになってくれんの？

さやか　もちろん。

達彦　ホントに？　俺がどんなにひどい人間でも？

さやか　たとえそうだとしても、あたしを選んでくれたんだもん、きっと自分で思ってるほどあなたは最悪な人間でもない。少なくともさやかは大感激。ブラボー。あなたも大満足？
達彦　いや、ちょっと髪型が……。
さやか　不満？　不満足？
達彦　ロングが好きなんだよね、ワガママ言わせてもらうと。
さやか　ナンだ、そんなの簡単よ。ハートマークをクリックしてね。
達彦　あぁ、これで替えられるんだ。（実体のないPCをクリックする）
さやか　（慌てて髪を下ろし）どう？　気に入った？
達彦　OK、OK、いかにも俺好み、いかにも人気者の髪型になったたん、だけど……。
さやか　まだ不満？　あと何？　言ってみて。
達彦　顔が……。
さやか　（やや憮然と）……努力する。
達彦　クリックしていい？
さやか　（怒って）努力するって言ってンだろっ。
達彦　性格は明るくおおらか。
さやか　（明るくおおらかに）努力するって言ってるでしょう。
達彦　努力でなんとかなる？
さやか　恋をすれば変わるのよ。ううん、恋でなくてもいい、本気で誰かを求めて、真剣に求められれば人は変われるものなの。そうじゃない？

達彦　まぁ、すべては今後の展開次第ということで。

さやか　そうくると思った。まずは出会いのシチュエーションを選択してね。

達彦　では遠慮なく。

さやか　クリック、プリーズ。

達彦　さやかは学校帰り。

さやか　行きじゃなくて、帰りってとこが憎いわね。

達彦　学校帰りの道すがら、さやかはクラスメイトのあやと話してる。

どこからともなく、あやが現れてきて——。

あや　待ってよ、さやか。

さやか　あやが遅いんだよ。早くしないと会えない。

あや　ねねねね、今日こそ、コクるんでしょ？

さやか　頑張る。頑張るわよ。

あや　だよね、毎日ちらっと見るだけなんてつまんない、アナクロだもんね。

さやか　今日こそ、すれ違い人生に決着をつける。あたしはね今まで、すれ違う一瞬に人生すべてを凝縮させてきたんだよ。その凝縮パワー爆発させて向き合って、

あや　来た……！

と、達彦、テーブルを離れ、さやかとあやの前に向かって歩き出す。
あっという間に達彦とさやか・あやはすれ違ってしまい――。

あや　（思わず振り返って）こんにちはっ。
達彦　………。（振り返って二人を見る）
あや　（さやかを示し）彼女が話があるそうです。
達彦　え、何？
さやか　あ、あいやあの、こないだ隣の隣のおじいちゃんが亡くなって、あたし大ショックで、
あや　何言ってんの？
さやか　いやあのあたし、老人にシンパシー感じるって言うか、嫌いじゃないって言うか、
あや　大学生ですか？
達彦　そうだけど。
さやか　いやあの老人って言っても幅が広くて、年上って言ってもいいんだけど、だから、
あや　友達になってくれませんか。
達彦　君と？
さやか　あいや、あたし。都立サキザキ高校1年2組出席番号1番。

達彦　いいよ。
あや　やったぁ。
達彦　よろしく。（握手の手を差し出す）
さやか　………。（固まって動かない）
あや　（促して）さやか。
達彦　（差し出したまま）明るくおおらかなんだろ？
さやか　………。（こわごわと応じようと）
達彦　………。（差し出した手でさやかの手を握ろうと）
さやか　（思わず飛び退いて）触らないで……！
あや　（驚いて）さやか。

さやか・あや、そのままフリーズ。
不意に達彦、二人から離れてテーブルに戻って実体のないＰＣに向かう。
あやの姿はたちどころに消えていって——。

達彦　性格をリセットします。

さやかはまるで、パワーがなくなったかのようにテーブルの上に立つ……。

達彦　今度は大丈夫だろうね？
さやか　努力する。
達彦　努力でなんとかなる？
さやか　クリック、プリーズ。
達彦　さやかはバリバリの体育会系。活発で男勝り、細かいことにこだわらない。ＡＢ型で柔道2段。

さやか、テーブルから飛び降りて、達彦に向かう。

さやか　押忍、さやかです。
達彦　あ、どうも。達彦です。
さやか　これからあんたを好きになるから、よろしく。
達彦　それ間違ってないかなぁ。
さやか　何が？
達彦　「好きになるから」って、それ未来のことでしょ。未来のことがなんでわかるの？
さやか　未来も過去も現在もさやかには同じことなの。
達彦　何が何でも好きになれるわけ？
さやか　男のくせにつべこべ言わない。
達彦　あ、はい。

郵便はがき

101-0064

東京都千代田区
猿楽町二―四―二
（小黒ビル）

而立書房
行

通信欄

而立書房愛読者カード

書　名　肉体改造クラブ・女子高生版　295—1

御住所　郵便番号

御芳名《ふりがな》　(　歳)

御職業
(学校名)

お買上げ　(区)
書店名　市　書店

御購読
新聞雑誌

最近よかったと思われた書名

今後の出版御希望の本、著者、企画等

書籍購入に際して、あなたはどうされていますか

1. 書店にて　2. 直接出版社から

3. 書店に注文して　4. その他

書店に1ヶ月何回ぐらい行かれますか

(　月　回)

さやか　さっさと出会いのシチュエーションを選択して。
達彦　さやかは今日も道場通い。道場仲間のあやと気合を入れて待ち合わせ。

どこからともなく、あやが現れてきて——。

あや　早いじゃない、さやか。
さやか　気合入ってっからね。
あや　やっぱ違うねぇ、達彦コーチが来る日は。
さやか　それは関係ないっすよ。
あや　またまたぁ、惚れてるくせに。
さやか　あたしはね、柔道一筋、言い寄る男をバッタバッタとなぎ倒し、ちぎっては投げちぎっては投げ……
あや　あ、コーチ……！

と、達彦、テーブルを離れ、さやかとあやの前に受け身をして立ち——。

達彦　押忍。
さやか・あや　押忍。

達彦　どうだ、今日も心身修練、気合イッパツ、みなぎってるか？
さやか・あや　押忍。
あや　あのあたし、一本背負いのコツが今いちわかりません。伝授してください。（構える）
さやか　自分にもお願いしますっ。（構える）
達彦　ああ、あれはだな、相手の腕をこう持って……（と、さやかの腕を摑もうとする）
さやか　（思わず飛び退いて）やめてっ。
あや　（驚いて）さやか？
達彦　どうした相沢、腕をとらなきゃ一本背負いにならんだろう相沢。
さやか　すいません。押忍。
達彦　じゃあお前が俺にやってみろ。（腕を差し出す）
さやか　………。（固まって動かない）
あや　さやか、気合イッパツ。
達彦　（差し出したまま）活発で男勝り、細かいことにこだわらないんだろ？
さやか　………。（こわごわと応じようと）
達彦　………。（差し出した手でさやかの手を握ろうと）
さやか　（思わず飛び退いて）触らないで……！
あや　（驚いて）さやか。

さやか・あや、そのままフリーズ。
不意に達彦・あや、さやかから離れて、そのまま消えてしまう。
リビングに独り、さやか……。
ゆっくりとフリーズから解け、テーブルの実体のあるノートPCを閉じて鞄にしまう。
と、普段着姿の父が現れて——。

父　おう、帰ってたか。
さやか　ただいま……。
父　どうだ、さやか。父さんは？
さやか　え……？
父　いい父さんか？
さやか　………。
父　駄目か？　駄目父さんか？　怒らないから正直に言ってみろ。
さやか　……駄目じゃないよ。
父　イケてるか？
さやか　イケてる……？
父　それが今日な、なつきが彼女連れてくるそうだ。
さやか　なんだ、そんなこと。

父　なんだってことないだろ。父さんがダサダサ父さんだったら、なつき、学校でいじめに遭うかもしれないだろ。
さやか　………。
父　親の顔が見たいってよく言うだろ。駄目なんだよ、親がちゃんとしなきゃ。
さやか　お父さん、会社は？
父　うん、休んだ。
さやか　休んだ？
父　冗談だよ。なんだ、冗談も通じないようじゃお前、嫌われるぞ。

さやかの母、花を飾った花瓶を持って現れて――。

母　ねぇ、どうかしら、この花。
父　お、いいじゃないか、華やかで。
母　そうよね？　いいわよね？　部屋までぱっと華やぐし。
さやか　なつきは男だよ。
父　いいじゃないか、男とか女とかそういうことじゃなくて、家庭が明るくなるだろう。
さやか　わざわざ取り繕うほうが変だよ。
母　取り繕ってなんかいないじゃない、花を飾れば明るくなるって、明るい部屋で過ごしたいって、ただそれだけのことでしょう。それが変なの？

さやか　その花は、望んで花瓶に生けられたの？

母　え……？

さやか　花は摘まれたくないのかもしれないよ。

母　イヤなこと言う子ね。

さやか　お父さんもお母さんもはしゃぎすぎだよ。

父　ひがまない。

さやか　ひがんでないよ、あたしはただ……

なつきの声　ただいま。

父　来た……！

なつきの声　お母さん、友達連れてきたから。

母　じゃさやかもほら笑顔。優しいお姉ちゃん。頼むわよ。

なつき、続いて、みるくが現れて――。

なつき　わ、勢ぞろい。

みるく　こんにちは。

母　いらっしゃい。

父　父です。
みるく　お邪魔します。
なつき　花まで飾ってるよ。
母　綺麗でしょう？
父　華やかだろう？
なつき　（みるくに）いつもはこんなの全然置いてないんだよ。
父　ははは、ほんとにお前はさわやかな正直者だなぁ。（頭をぐらぐら揺するように撫でる）
母　いいからなつき、紹介してよ。
なつき　同じクラスの河合さん。（みるくに）お母さん。
みるく　（母に）河合みるくです。
父　みるく？
みるく　変わった名前ねってよく言われます、あたしは気に入ってるんですけど。
父　いや、いい名前だ、女の子っぽくて、なんかこうミルクって感じで、（さやかに）なぁ？
さやか　なんかギャルゲーみたい。
母　ギャルゲー？
父　なんだ、そのゲーって？
さやか　ゲームだよ。カワイイ女の子がいっぱい出てくる恋愛シミュレーションゲーム。なつき、よくやってるよね？

みるく　相沢君、そんなのやってるのぉ？
なつき　たまにだよ、ほんと、たまに。
母　それ、なんかいやらしいゲームなの？
さやか　裸とか出てくるのはエロゲーだよ。
みるく　エロゲーもやってんのぉ？
父　いやま、（みつるの肩を抱き）たまにだよな。
なつき　やってないよっ。
父　いいんだよ、そういう年なんだから。（母に）ホラお前、ジュースかなんか……
なつき　いいよもう、部屋行くから。
母　あら、ケーキも買ってあるのよ。
なつき　あとで取りに来る。（みるくに）行こう。
みるく　お邪魔します。
母　じゃとりあえず母さん、ジュースだけでも持ってくから。

なつきとみるく、部屋へと去っていく。

父　お前がゲーなんて言うから。
さやか　あたし、褒めたつもりだったのに。

父　ゲーなんて言われて喜ぶ奴いるか。
母　そうよ、何もあんなときに言わなくったって、ゲームなんて誰だってやってるじゃない。
さやか　………。
母　ケーキ、食べる？
さやか　……要らない。
父　でも素直そうな子でよかったな。
母　挨拶もきちんとしてるし。
父　愛嬌があるよな。

いつのまにか、リュックを肩に提げ、達彦が立っていて——。

さやか　じゃあたしも行くね、達彦さん、来たから。
父・母　………。（驚いて振り返る）
達彦　（一礼して）こんにちは。すいません、ちょっと遅くなっちゃって。
さやか　この花、あたしの部屋に飾っていい？
母　………。（達彦のほうを見ている）
達彦　（さやかに）じゃ先行ってるから。
さやか　お母さん、聞いてる？

母　……え？

さやか　だからこれ。

母　あ、いいけど。

花瓶を抱えて鞄を持ち、さやか、達彦を追って部屋へと去っていく——。

父　達彦って……家庭教師の？

母　ほかにいる……？

父と母、それぞれに怪訝な顔。
改めてさやかの去ったほうを見やり、そのまま吸い寄せられるようにリビングを出ていく。
さやかの部屋に、達彦が現れてテーブルにつく。
続いて現れたさやか、鞄は置くが、花瓶を持ったまま、テーブルに向かう気配がなく——。

達彦　……どうした？

さやか　……この花、どう思う？

達彦　きれいだよ。

さやか　きれいだね。

達彦　だけど野に咲く花は何より美しい。
さやか　………。（達彦を見る）
達彦　どこ行ったんだ、因数分解命、二次関数命。こないだの意気込みは？
さやか　こないだ、テレビのドキュメンタリーで、一人の小学生を取材した番組があったのね。インタビュアーが街頭で男の子に聞くわけ、「君の宝物をみせてくれないかな」って。
達彦　宝物？
さやか　そしたらその男の子、「ここにはないよ、家にいかないと」ってさわやかに笑うの。「え？何なのかな、その家にある宝物って」。インタビュアーが重ねて聞くと、男の子は堂々と、もっとさわやかに答えるんだ。
達彦　なんて？
さやか　「お父さんとお母さん」
達彦　………。

さやか、花瓶をテーブルに置き、ＰＣを開きつつ――。

さやか　信じられる？　ギャグかましてンのこの子って自分の目と耳疑って、テレビ食い入るように見たら、その男の子、小さい頃のなつきにそっくりなの。
達彦　………。

さやか　感想は？
達彦　暗い。
さやか　暗いんだよ、あたし。
達彦　でも暗いのは悪いことじゃないよ。
さやか　………。
達彦　こんな話、知ってる？
さやか　どんな？
達彦　ある日、ブラッキーが旅に出たんだ。
さやか　ブラッキー？
達彦　そういう名前。
さやか　変な名前。
達彦　ブラッキーは独りぼっちなんだ。いっつも独り。でも独りが好きで旅も好き。だからよく気まぐれに独り旅に出るんだ。

どこからともなく、父・母・なつき、みるく・あやに少女たち、ゆっくりと探検隊のように列をなして侵入してくる……。探るような視線、悪意に満ちた顔……。

達彦　だけど彼は旅先でよくいじめられる。彼のほうは誰に対しても、何に対しても、これっぽっちの悪意もないんだけど、周りの人間どもはそうはいかない。彼の姿を見れば、途端に奇声をあげて追っかけ回す。

さやか　嫌われ者だ、ブラッキー。

達彦　だからブラッキーの旅は暗い夜が多いんだ。人目につけば、すぐ攻撃されちゃうからね。だけど今の世の中、どこもかしこもけっこう明るくて彼には大変なんだな。「もっと暗くなれ、世の中もっと暗くなれ。今の世界は明るすぎる」

さやか　それで？

達彦　ところが周りの人間どもは、真っ暗闇の中だろうが彼の微かな息づかいを聞きつけると、たちまちパッと光の下にさらして攻撃してくる。彼は暗い夜でも安心できなくなったんだ。

さやか　彼はどんないじめに遭ってるの？

達彦　たとえば、催涙スプレーのようなものをかけられたり、スリッパで叩きつぶされたり。

さやか　スリッパ？

達彦　ブラッキー、ゴキブリだからね。

さやか　………。

達彦　あれ？　笑えない？

さやか　あたしはゴキブリじゃないよ。

達彦　そう、だから暗かろうが明るかろうが、何も恐れることはない。

さやか　………。

達彦　感想は？
さやか　達彦さん、初めて会ったとき、勉強ガンバロウなヨロシクって手ぇ出してくれたじゃない？
だけどあたし握手しなかった。悪気はなかったの、ほんとよ。
達彦　気にしてないよ。
さやか　あたしと相手との間には、絶対に、越えることのできないガラスのような壁があるの。
達彦　………。
さやか　ギャルゲーはあたしなんだ。
達彦　たとえそうでも本気で求めて、本気で求められれば、越えられるかもしれない。
さやか　どうかな。
達彦　試してみようか。
さやか　え……？
達彦　（面と向かって手を差しだし）改めて、よろしく。
さやか　……逃げない？
達彦　逃げない。
さやか　（応じようと……）嫌がらない？
達彦　嫌がらない。
さやか　（手を出そうと……）これで終わりにならない？
達彦　終わりにならない。

さやか　（奮い立たせようと……）あたしは嫌われてない？
達彦　嫌われてない。
さやか　（奮い立たせようと……）ほんとに嫌われ者じゃない？
達彦　嫌われ者じゃない。

いつのまにか、さやかに差し出された手が無数に増えている……。
父の手、母の手、なつきの手、みるくの手、あやの手、友達の手……。
さやか、凍りつく。
と、達彦以外の手の主たちのくすくす笑う声……。
その笑い声はみるみる怒涛のように轟かんばかりに響き渡っていく……。
と、達彦以外の手の主たちの姿はたちどころに消えて、不意に——。

父の声　さやか。
さやか　……！
母の声　さやか、ちょっといい？
父の声　父さんと母さん、お前に聞きたいことがあるんだけどな。
さやか　………。（ＰＣを閉じる）
母の声　入っていい？

父の声　聞こえてるか？
母の声　入るわよ。

父と母、探検隊のように部屋の様子を窺いながら現れてテーブルにつく。
達彦も差し出した手を下ろしてテーブルについていて――。

さやか　何……？
父　お前、さっきなんて言った？
母　あなた。
さやか　何なの？
母　やっぱりきれいじゃない、花が飾ってあると。いい雰囲気。
さやか　でも野に咲く花はもっと美しい。
母　え……？
さやか　そう言ったんだよ、達彦さんが。
母　いつ？
さやか　いつって、何言ってるの、お母さん。
父・母　………。（顔を見合わせる）
さやか　だからやっぱりこれ、あたしはいいや。リビングに飾って。（花瓶を母に押し出す）

父　さやか、別に改まって聞くほどのことじゃないんだけどな。
母　もうすぐ誕生日ね、さやか。
さやか　えそうだっけ？
母　そうじゃない、来週の土曜日。4月2日。
さやか　そうだ、忘れてた……。
父　その半年前はどうだ？
さやか　半年前……？
父　覚えてるか？　たまたまそうなっちゃったんだけどな、さやかの誕生日のちょうど半年前、何の日だったか。
母　……覚え、てるわよね？
さやか　何……？
母　10月2日。
父　達彦君が死んだ日だ。
さやか　……！
父　家庭教師に来て、うちから帰る途中の事故で……。

テーブルにいた達彦、リュックを肩に提げ、部屋を出ていく。

母　さっきさやか、達彦さん来たからって言ったでしょ、だからちょっと驚いちゃって。

さやか　………。

母　何の気なしに口から名前が出ちゃったのよね？

さやか　………。

父　達彦君にはずいぶんよくしてもらってたから忘れられない気持ちはわかるけど、覚えてるよな、あのときお前も病院行って。霊安室に通されて。

さやか　………。（微かに何かぶつぶつ呟いている）

母　「顔はきれいだよ」ってさやか、母さんに言ったじゃない。

父　忘れたわけじゃないよな……？

さやか　（蚊の泣くような声で）……なんでそんなにひどいこと言うの？

父　え？

母　何て言ったの？

さやか　（その声が大きくなって）なんでそんなにひどいこと言うの？

母　さやか……。

さやか　そんなにあたしが嫌い？　そんなにあたしが邪魔？

父　何言ってるんだ、父さんと母さんはお前のことを心配して……

さやか　嘘！

父　嘘じゃない。

さやか　ほんとは男の子が欲しかったって。女の子だとわかってがっかりした、力が抜けたって、二人して言ったじゃない。
父　………。
さやか　こんなことなら産まなきゃよかったって……。
父　………。
さやか　真顔だった。心《しん》から残念そうな顔してた。
母　きっと冗談よ。
母　………。
さやか　忘れない。
父　さやか……
さやか　（遮って）忘れるわけない、全部覚えてる。半年前も10年前も。
母　聞いて、さやか……
さやか　（遮って）だけど達彦さんは死んでない。勝手に殺さないで……！

弾かれたようにさやか、飛び出していく。
「さやか……！」と父・母は慌てて後を追っていく。
と、途端に目まぐるしい速度でシャッフルが始まって——。
ゲームキャラクターの少女たち、マネキンのようにポーズを決めて立っている。

そこへさやか、迷い込んだように飛び込んできて、マネキン少女たちに——。

さやか　ねぇ、達彦さん知らない？　見なかった？

ゲームキャラクターのマネキン少女たち、くすくす笑う。

さやか　（マネキン1を揺すって）ねぇ、教えて、達彦さん、見なかった？
マネキン1　触んないで。
さやか　え……？
マネキン2　指一本触れられないの。
マネキン3　触れられるはずがないの。
マネキン4　相手との間には、越えることのできないガラスのような壁があるの。
マネキン5　絶対に、どうしても、越えることのできない壁があるの。
マネキン1　あんたも同じでしょ？
マネキン2　同じでしょ？
マネキン3　同じでしょ？
さやか　違う。あたしはゲームのキャラクターじゃない。人間。相沢さやか……！

マネキン少女たち、くすくす笑う。
さやか、その中にあやの姿を見つけて――。

さやか　あや。（近づいて）達彦さん、見てない？
あや　……何？
さやか　達彦さんよ。こっちに来なかった？　通らなかった？
あや　あなた、誰？
さやか　ボケないでよ、何言ってるの、さやかじゃない。
あや　あなた、さやかじゃない。
さやか　え……？
あや　さやかと達彦さんはココにいる。

言いつつあや、ＰＣを開けると、その画面の中、達彦とさやかが笑っている。
話したり、笑ったり、生き生きと息づいている……。

さやか　……！（驚きのあまり声も出ない）
マネキン４　出会いのシチュエーションをクリックしてね。
マネキン５　出会いのシチュエーションをクリックしてね。

マネキン1　出会いのシチュエーションをクリックしてね。

と、PCがぷつん、と消えて、一切が闇……。
やがて微かに、声が聞こえてきて――。

達彦の声　せー、か、くをり、せっとし、ます。
さやかの声　せーかく、を、リセッとし、ます。
達彦の声　性格をリセットします。

さやか、テーブルの上にポーズを決めて立っている。
テーブルには達彦もいて、実体のないPCをタイピングしつつ――。

さやか　クリック、プリーズ。
達彦　さやかは普通の女子高生。底抜けに明るくもなく、暗くもない。血液型はA型で、家族思いの弟思い。

さやか、テーブルの上から降りて、達彦に向かい――。

さやか　こんにちは、さやかです。
達彦　あ、初めまして、達彦です。
さやか　これからあなたを好きになります、よろしくね。
達彦　絶対好きになってくれる？
さやか　もちろん。
達彦　ホントに？　俺がどんな人間でも？
さやか　もちろん。あなたがどんな人間でもさやかは大感激。ブラボー。あなたも大満足？
達彦　でもそれ、やっぱり間違ってるよ。
さやか　何が……？
達彦　「好きになる」ってのは未来のことだよ。未来のことはわからない。
さやか　わかるの。だって未来も過去も現在も、さやかには同じことなの。
達彦　同じじゃないよ。過去と未来は違う。未来とそのまた未来もきっと違う。
さやか　あたしは変わらない。絶対変わらず、あなたを好きになる。ずっとあなたを好きでいられる。
　まずは出会いのシチュエーションを選択してね。
達彦　だからそれは未来じゃない……
さやか　出会いのシチュエーションを選択して……！
達彦　……。
さやか　選択して……！

達彦　さやかは学校帰り。部活を終えて家に帰ってくる。

さやか　（明るく声を張って）ただいまぁ！

途端に母が現れてきて――。

母　お帰り、遅いじゃないの。

さやか　おなかへったぁ。今日の体育、マラソンだよ。そのうえ部活でもうバテバテ。なんかない？

母　今日の晩ご飯、さやかが作るんでしょ？

さやか　え、なんで？

母　達彦さんに手料理ふるまうって約束したんじゃなかったの？

さやか　あ、そうだ。そうだった、忘れてた。

母　やだどうするの、ご飯は炊いてあるけど……

さやか　なんかないお母さん、おいしくて、手早くできて、それでいて手がこんでいるような、

母　来た……！

と、達彦、椅子に座ったままで、さやかと母を見て――。

達彦　すいません、ちょっと早く来すぎたかな？

さやか　早すぎ。
母　この子もすっ飛んで帰ってきたんですよ、マラソンしながら。
さやか　（母に）お母さん、壊れてる。
母　とりあえずお茶でも飲んでいただいて。飲みますよね？
達彦　いただきます。

と、そこへ父、寿司折りを大量に持って現れて——。

父　ただいま。
母　あら、早いじゃない。
達彦　こんばんは。
父　ちょうどよかった、（寿司をテーブルに置いて）ほいこれ、握り寿司。
さやか　握り寿司？
母　何これ、全部？
父　あのほら駅前の矢尾寿司、そこで会合やったら手土産にってこんなにくれてな、

と、そこへ、なつきとみるくが現れて——。

なつき　お母さん、河合さん帰るから。
母　あら、ちょうどよかった、お寿司、食べてってもらえば？
なつき　お寿司？
みるく　（父に）お邪魔してます。
達彦　なつき君の彼女？
なつき　あいや、あのぉ、なんてったらいいのか、
父　彼女なんですよ。
みるく　（達彦に）河合です。
さやか　あたしの家庭教師、日下部達彦さん。
みるく　え、いいなぁ、あたしも教えてもらいたいです。
なつき　え、なんで？
みるく　だって相沢君、全然頼りにならないんだモン。
さやか　言われちゃってる。
母　じゃ河合さんも。みんなで一緒にいただきましょう。
みるく　いいんですか？
さやか　いいわよ。大勢で一緒に食べれば楽しいじゃない。
父　椅子持ってこなきゃな。
達彦　あ……。

と、さやかと達彦以外、ストップモーション。
達彦、急いで実体のないPCに戻って――。

さやか　（不安になって）何、どうしたの？
達彦　ごめん、パワーがもう切れそうだ……。
さやか　え？
達彦　もう充電できないんだ。
さやか　このまま終わっちゃうってこと？
達彦　………。
さやか　ヤだよ、まだ全然終わってない。始まったばっかりじゃない。
達彦　ごめん。
さやか　あたし、このまま消されちゃうわけ？
達彦　君は消されないよ。僕のゲームが終了するんだ。
さやか　同じことだよ、消さないで。
達彦　ゲームはいつか終わるんだよ。

突然、部屋の明かりが消える。

さやかの声　達彦さん……！
達彦の声　……。
さやかの声　あたしを消さないで。達彦さん？　達彦さん？　ねぇ誰か、パワーを、パワーを入れて。
　あたしたちを消さないで。
達彦の声　……。
さやかの声　ねぇ……！
達彦の声　これは停電だ。
さやかの声　停電……？
達彦の声　パワーはまだもう少し大丈夫。
さやかの声　……もう少しでほんとに終わっちゃう？
達彦の声　うん、ゲームオーバーだ。
さやかの声　ヤだよ、そんなの、またリセットしてくれなきゃ。
達彦の声　終わらなくちゃいけないんだ。
さやかの声　あたしまだ握手もしてないんだよ。あたし、握手に応えてないじゃない。達彦さん、ど
　こ？　手を、手を差し出して。
達彦の声　ここだよ。
さやかの声　見えないよ、どこ？

達彦の声　動かなくていい。僕が行く。その場で手を出して。
さやかの声　あたしはここ。ここにいる。
達彦の声　……ほら。（手を握った）
さやかの声　あ……。
達彦の声　わかる？
さやかの声　……うん、わかる。これが右手。……左手。左の親指。……人差し指。……中指。
達彦の声　………。
さやかの声　イタッ、痛いよ。強く握りすぎ。
達彦の声　（真剣に）いいかい、さやか。
さやかの声　え……？
達彦の声　僕は達彦じゃない。
さやかの声　……今、なんて言ったの？
達彦の声　達彦じゃないんだ。
さやかの声　……嘘？
達彦の声　違うんだよ、さやか。
さやかの声　誰……？
達彦の声　………。
さやかの声　じゃ誰なの？

父の声　僕は君のお父さんだ。
さやかの声　お父さん……？
父の声　そう、お前の右手を今握ってる、これはお父さんだ。
さやかの声　じゃ、左手は……？
母の声　お前のお母さんよ。
さやかの声　お母さん……？
母の声　そうよ。
さやかの声　じゃあ達彦さんは……？
父の声　ここにはいないんだ。
さやかの声　死んだ……。
父の声　そうだ。達彦君は死んだんだ。だからここにはいない。
さやかの声　………。
母の声　ごめんねぇさやか、気づいてあげられなくて。
さやかの声　え……？
母の声　もっと泣きたかったね。達彦さん、どうしていなくなっちゃったのって、もっと母さんに言いたかったのよね。
さやかの声　………。（すすり泣く）
母の声　ごめんねぇ。

さやかの声　………。(声をあげて泣き始める)
母の声　こんなときにね、言って信じてもらえるかどうかわからないけど、お母さんね、さやかも、なつきも、同じくらい好きよ。産んでよかったと思ってる。
さやかの声　………。(泣いている)
母の声　思ってるわよぉ。思わないわけないじゃない。
さやかの声　………。(泣いている)
父の声　さやか。
さやかの声　……うん?
父の声　大丈夫か?
さやかの声　うん……。
父の声　お前の手を握ったのなんて何年ぶりかな。暗いのも悪いことばかりじゃないな。
さやかの声　達彦さんもそう言った。
父の声　そうか、そう言ったのか。
さやかの声　うん、言ってくれた。
父の声　そうだな。闇が人を助けてくれることもある。
さやかの声　うん……、あたし今、見えるもん。とても温かい真っ暗闇が、目の前に見える。

暗いまま――。

エピローグのようなカーテンコール

突然、明かりがつく。
「セリナ」「美咲」「香奈恵」「さやか」がテーブルについて座っている。
昔セリナが現れ、セリナが迎えるように立ち上がる。
麻里子が現れ、美咲が迎えるように立ち上がる。
若菜が現れ、香奈恵が迎えるように立ち上がる。
達彦が現れ、さやかが迎えるように立ち上がる。
続いて、父と母がミツル・なつきとともに現れる。
そして、あや、みるく、そのほかの少女たちが現れて、全員で礼。

参考文献
『イソップのお話から』やがわすみこ訳／西村書店
「広告」2000年7・8月号「ヘンタイ感覚」／博報堂

上演記録

【初演】２０００年11月18日・19日　クリエイトホール

ＣＡＳＴ

［＃１］ダイエッター「セリナ」

セリナ　高木　渚　先生　越村　浩之
昔セリナ　佐野亜佑美　少女たち　石田美由希／江口古来／登里和代／島田紗良／植松久恵／近藤　結／関口愛美／中尾　遙／鈴木美里／伊藤鉄也／麻田晴菜／高橋あゆ美／古荘優子／本間このみ／横関美沙子
ミツル　松山　卓也
父　奥村　洋治
母　関谷美香子

［＃２］ピアッシング「美咲」

美咲　石田美由希　美咲の母　関谷美香子
香奈恵　植松　久恵　香奈恵の父　奥村　洋治
麻里子　江口　古来　ケータイ少年少女　島田紗良／高木　渚／登里和代／佐野亜佑美／本間このみ／鈴木美里／関口愛美／中尾　遙／松山卓也／伊藤鉄也
若菜　近藤　結

［＃３］ギャルゲー「さやか」

さやか　島田　紗良　父　奥村　洋治
達彦　越村　浩之　母　関谷美香子

あや　　　　登里　和代　　マネキン少女　　植松久恵／島田恵美子／高木　渚／佐野亜佑美／
なつき　　　伊藤　鉄也　　　　　　　　　　　江口古来／近藤　結／関口愛美／中尾　遙／
みるく　　　鈴木　美里　　　　　　　　　　　横関美沙子／松山卓也

STAFF

作・演出　　古城　十忍　　演出部協力　　劇団一跡二跳
美術　　　　礒田　央　　　宣伝美術　　　高木　渚
照明　　　　磯野　眞也　　サポーター　　吉井文子／福島礼子
音響　　　　黒沢　靖博　　制作スタッフ　志田ひろみ／平野幸恵／山本　藍
衣装　　　　豊田まゆみ　　制作　　　　　福田　房枝
舞台監督　　新野　照久

【再演】　2001年8月25日〜9月2日　中野ザ・ポケット

CAST

［#1］　ダイエッター「セリナ」

セリナ　　　高木　渚　　　先生　　　　越村　浩之
昔セリナ　　佐野亜佑美　　少女たち　　関口愛美／横関美沙子／島田恵美子／近藤　結／
ミツル　　　伊藤　鉄也　　　　　　　　植松久恵／島田紗良／鈴木美里／石田美由希／
父　　　　　奥村　洋治　　　　　　　　中尾　遙
母　　　　　関谷美香子

［#2］　ピアッシング「美咲」

美咲　島田恵美子
香奈恵　植松　久恵
麻里子　中尾　遙
若菜　鈴木　美里
美咲の母　関谷美香子
香奈恵の父　奥村　洋治
ケータイ少年少女　関口愛美／横関美沙子／近藤　結／島田紗良／石田美由希／高木　渚／佐野亜佑美／伊藤鉄也／山田継生／須藤章太

［#3］　ギャルゲー「さやか」

さやか　島田　紗良
達彦　越村　浩之
あや　石田美由希
みるく　関口　愛美
なつき　山田　継生
父　奥村　洋治
母　関谷美香子
マネキン少女　横関美沙子／島田恵美子／近藤　結／植松久恵／鈴木美里／中尾　遙／高木　渚／佐野亜佑美

STAFF

作・演出　古城　十忍
美術　礒田　央
照明　磯野　眞也
音響　黒沢　靖博
衣装　豊田まゆみ
舞台監督　尾崎　裕
演出部　劇団一跡二跳
イラスト　古川　タク
デザイン　西　英一
スチール　富岡　甲之
舞台写真　中川　忠満
制作　岸本国史／西坂洋子／藤川華野

あとがき

この戯曲は僕にとって、初のオムニバスとなりました。

女子高生を主人公に芝居を書いたのも初めてのことで、そもそもは「子供たちと一緒に芝居をつくりませんか?」という依頼を受けて始まったことでした。

でもなぁ、せいぜい子供たちのお茶を濁した発表会に終わるのが関の山じゃないかと最初は躊躇したのですが、大人のプロの俳優も共演すること、出演メンバーは全員参加型ではなくオーディションで決めること、こうした条件を生意気にも出して承諾していただき、僕はようやく重い腰をあげたのです。

かくして一般公募の中高生を相手に、ハイおなかで大きく息を吸ってぇ、ホラホラちゃんと背筋を伸ばしてぇ、とまるで体操教室のようなワークショップからスタートしました。

しかし、若さってスゴイもんです。吸収力抜群です。最盛期の成長過程にある人間のたくましさとでも言いましょうか、あれよあれよと声は出るようになり、体の切れもシャープになっていきます。おまけに技術がないぶん、本気で感情を爆発させますから、プロの技術など軽々と超えてしまう「劇的な瞬間」に、僕は何度となく目を見張ることになりました。

その成長ぶりに驚嘆しつつ、それならばこちらも本気でと、敢えてシビアな題材を中高生にぶつけてみようと、興味津々、「ダイエッター＝過食症」「ピアッシング＝自傷行為」「ギャルゲー＝アダルトチルドレン」という、体にどっかりきそうなメニューを並べてみたのです。

ところがこれまた今どきの中高生は、そんなものもいともあっさり受け入れてしまうのですね。というより、僕らが考える以上に、摂食障害、いじめ、リストカット、潔癖症、極端なコミュニケーション不全といった「トンデモナイコト」は子供たちの周りにごくごく普通のこととしてある、そう理解するのがどうも正解のようで、なにかとすぐに決めつけがちな未熟な劇作家は、中高生を通してずいぶん勉強させられたという次第です。

「オムニバス」とは乗り合い馬車のことですが、『肉体改造クラブ』はまさしく、さまざまな人たちが寄り合い、力を出し合うことでなんとか目的地にたどり着けたように思えます。この場を借りて、貴重な体験の機会を与えてくださった子ども劇場全国センターの福田房枝氏、武藤定明氏、ならびに関係者の皆様に改めて感謝申し上げます。

なお、この『肉体改造クラブ』、わざわざ「女子高生版」と銘打っていますが、実はその後、大人の肉体改造を書いてみても面白いんじゃないかと思い、「OL・会社員版」も書きあげて上演したのです。こちらは「整形を何度も繰り返すOL」「リーマン」「ボディビル、増毛、過食嘔吐にひた走る3人のサラリーマン」「ボディピアスを増やし続けることで人の心が読めるようになったOL」という3話で、やはりオムニバスです。

なんだか自分自身と折り合いをつけることが難しくなってきているご時世、『肉体改造クラブ』は時代とともに、そのメニューを次から次に増やしつつ、ますます事業拡大の方向へと突き進んでいきそうな気がしています。

2003年2月1日　古城十忍

古城十忍（こじょう・としのぶ）
1959年，宮崎県生まれ。熊本大学法文学部卒。
熊本日日新聞政治経済部記者を経て1986年，劇団一跡二跳を旗揚げ。
以来，作家・演出家として劇団公演の全作品を手がけている。
代表作に「眠れる森の死体」「ONとOFFのセレナーデ」「アジアン・エイリアン」「平面になる」など。
連絡先　〒166－0015 東京都杉並区成田東4－1－55 第一志村ビル1F
劇団一跡二跳☎03－3316－2824
【URL】http://www.isseki.com/
【e-mail】XLV07114@nifty.ne.jp

肉体改造クラブ・女子高生版

2003年4月25日　第1刷発行

定　価　本体1500円＋税
著　者　古城十忍
発行者　宮永捷
発行所　有限会社而立書房
東京都千代田区猿楽町2丁目4番2号
電話 03（3291）5589／FAX 03（3292）8782
振替 00190－7－174567
印　刷　有限会社科学図書
製　本　大口製本印刷株式会社

落丁・乱丁本はおとりかえいたします。

ISBN 4－88059－295－1 C0074
装幀・神田昇和